长孙金成 /著

送你一把剑

线装书局

图书在版编目（CIP）数据

送你一把剑 / 长孙金成著. -- 北京：线装书局，2022.1

ISBN 978-7-5120-4727-3

Ⅰ. ①送… Ⅱ. ①长… Ⅲ. ①散文集 - 中国 - 当代 Ⅳ. ① I267

中国版本图书馆 CIP 数据核字 (2021) 第 209727 号

送你一把剑

SONG NI YI BA JIAN

作　　者：	长孙金成
责任编辑：	李春艳
出版发行：	线装书局
地　　址：	北京市丰台区方庄日月天地大厦 B 座 17 层（100078）
电　　话：	010-58077126（发行部）010-58076938（总编室）
网　　址：	www.zgxzsj.com
经　　销：	新华书店
印　　制：	天津中印联印务有限公司
开　　本：	787mm×1092mm　1/32
印　　张：	7
字　　数：	120 千字
版　　次：	2022 年 1 月第 1 版第 1 次印刷
定　　价：	49.00 元

线装书局官方微信

自序

送给家人，送给朋友，送给有缘人。

这本书的内容是关于为人处世和教儿育女的，全书共分六个篇章。"月下独行"作为序引；"迷途逢度"主要谈"度"，度是一门艺术，我们在工作和生活中要关注如何把握度，做到收放自如；"爱铁成钢"是从自身从业角度对育儿问题的思考和类比。"送你一把剑"和"剑鞘诗书绺"是全书的主体部分，前者着重剖析我们视而不见，却对思想道德十分有害的细小糟粕，"送你一把剑"即是用来切除糟粕，正本清源；后者则是授人以渔，谈了谈对"剑从鞘中出""剑锋鞘中藏"的个人认识。"从春天到夏天"是从春至夏写作本书过程中的一些随笔感想，作为收尾。

身处信息爆炸的时代，人们享受着信息的便利，也承受着信息的冲击，为了降低阅读负担，本书着意控制了篇幅，希望能给每位读者带来轻松和便利。这是一朵开得并不绚丽却真情实意的小花，虽终将隐于花丛，但祝它好运，若能有幸与你相逢，也祝你好运！

长孙金成

辛丑年秋　于济南

壹·月下独行

3 // 仰望星空者

5 // 且行且珍惜

8 // 相伴小八戒

贰·迷途逢度

13 // 职场小指南

16 // 浅谈钢铁

18 // 劳动光荣,也要快乐

20 // 人脉

23 // 界

25 // 戒

27 // 貌相

29 // 看看电视

32 //　紧张不紧张

36 //　算清楚，不迷路

39 //　各有脊梁

41 //　餐桌上的学问

44 //　情深情浅

46 //　心的方向

叁·爱铁成钢

51 //　懂事助熔

56 //　爱是灯塔

68 //　胜不骄，败不馁

肆·送你一把剑

71 //　送你一把剑

73 //　自由恋爱

75 //　鸡狗之言

78 //　甜蜜的债

80 //　防老有道

83 //　当一天和尚，撞一天钟

85 //　好男才当兵

86 //　树挪死，人挪活

89 //　奇葩之名

91 //　阿凡提，还是巴依？

94 // 远离鬼怪

97 // 挂羊头，卖狗肉

99 // 喜新不厌旧

101 // 酒品与人品

103 // 不做活神仙

105 // 一瓶不响，半瓶晃荡

107 // 与自然同行

110 // 再不疯狂就老了

113 // 写给猫

116 // 女人在哪，家就在哪：听《树枝孤鸟》有感

118 // 可怜之人不必可恨

121 // 吃亏是福

124 // 跪着做皇帝

129 // 孝与不孝

133 // 巧养儿女，澹养自己

伍·剑鞘诗书绐

137 // 致 Jungle

139 // 相见不如怀念

140 // 聊聊书法

143 // 读读诗歌

149 // 初遇三明

151 // 忙里思闲

153 // 我的小学

157 // 梧桐花开
160 // 济南小记
162 // 劝儿女书

陆·从春天到夏天

167 // 星辰大海
170 // 我的小王子
174 // 基建狂魔
177 // 焕然一新
179 // 落叶难归根
181 // 今天你上天了吗
183 // 母亲最美
186 // 故乡的原风景——献给故乡以及有故事的人
188 // 小满·野菜
191 // 大雪无痕
193 // 一个祝福,你要相信
195 // 麦田的记忆
197 // 学习方法之我见
200 // 端午不简单
203 // 父亲不容易
207 // 爱是责任

210 // **跋·海阔天空**

· 月下独行

仰望星空者

据说阿基米德是在洗澡时发现了浮力原理,高兴得满大街又跑又叫。这件逸事经过近两千年的流传才为大众所知晓,奉为笑谈。随手搜索了一下,发现他居然和秦始皇同处一个时代,比后者还大上三十六岁……不由感叹,如今也太先进了吧,足不出户轻点鼠标,大千世界便历历在目,省去不知多少"上下而求索"的时间成本,感觉每时每刻都活出了超高的效率。

阿基米德的快乐如高山白雪般纯粹,两千年后,这快乐仍似夜空中的星星那样璀璨。纵然夜空灿烂,但大多数人都不得不承认,穷此一生也只能做一个仰望星空者,而成不了天边的明星。然而,做不了明星又如何?清晨,当我汇入车流,在城市森林等待信号灯时,透过车窗,满目川流不息、行色匆匆的"勇士们",或为了实现个人的最大价值,或为了营造高质量的家庭生活,或仅仅是为了在这个城市站住脚,哪个不是热血沸腾、全力以赴地奔向自己的奋斗目标?生而为人，能够认清自己也非常不易。

纵然没有发光的幸运，也不能放弃寻找登天路径的信念。遐思浮想中，潦草做成一阕《江城子》，愿和所有有心追梦的朋友共勉：

山平仄，浪淘沙，空天面立崖，鸟啼花。

梦马青天，怎御解穷达？

蜀道浮沉而上下，追日落，宿霜华。

/ 且行且珍惜 /

　　成功的路径有很多，纵然不是一马平川，也可披荆斩棘、勇往直前；失败的原因亦不少，则要逐一分析过程、总结经验，毕竟试错的代价很大。细数三十余载一路走来，事业小有所成，膝下也有儿女承欢，不说一帆风顺，也算对已过去的小半生颇为满意。可能是行至不惑之年，多少生出点好为人师的念想，非常想将一些亲历的经验教训传授给子女，让孩子们少走些弯路。

　　父爱如山，可初为人父，却少了一点经验，如今我对女儿总有无限的耐心，可过去对儿子的管教往往流于直白。静心思忖，儿子在成长的过程中确实付出和承受了太多。

　　儿子很聪明，三岁能背《弟子规》，悬河泻水的架势令人倾倒，还继承了外祖父的音乐天赋，唱起歌来字正腔圆，性格却无一处随我，每每见他从心所欲、嘻嘻哈哈的样子就心下起火，免不了一番怒斥。彼时，自作聪明的我并不理解，对于牙齿都未冒全的黄口小儿，你怎能用"循规蹈矩"四字框定他的长势？虽说有志者事竟成，可执着却变成了倔强，曾自以为只要坚持父严子孝、耳提面命就能将孩子炼成一块好钢，结果在盲目育儿的路上越走越远，几乎要和儿子走散了。

所幸在长期的磨合中，我渐渐发现亲子关系并非简单的加减乘除，在错综复杂的"战况"中，它甚至是一门玄学，没有特别好的经验可借鉴，完全仰仗家长的悟性。世间没有比孩子的心灵更单纯的东西，他们不听话往往事出有因，不坚强也是因为阅历有限，身为家长怎能用成人的经验去衡量他们的思维？正所谓恨铁不成钢，错不在"铁"，而在于"恨"！

一口吃不成胖子，道理也不能一次讲太多，对孩子和成人都是如此，所以且先罗列几条重点吧，分享给尚在亲子关系中晕头转向、找不到北的新手爸妈。

第一，爱孩子。重要的事情说三遍，爱！爱！爱！

第二，懂孩子。孩子如花草，不是只浇水就能活的。

第三，世上没有两片完全相同的叶子，犬父有虎子，孩子有七色，实事求是，并且接受现实。

第四，人无完人，不强求自己，也不强求孩子。

第五，家教需要一言堂，大人务必意见统一。

第六，身教重于言传。

第七，不妨多看看育儿方面的书。

没有人生来就是好家长，谁不是还没好好品尝初为人父人母的喜悦，就开始为拖儿带女殚精竭虑？如果爱孩子是一种本能，懂孩子则是一场修炼，父子母女结缘于茫茫人海，却如在人生征程中结伴独行，且行且珍惜，望能披荆斩棘，彼此成全！

/ 相伴小八戒 /

很多成年人心中可能都装着孙悟空或者唐三藏，可步入社会后，却变成挑担的沙和尚，抑或默默无闻的白龙马，甚至是自己都不认识的妖魔鬼怪。年轻的时候总是心比天高，觉得整个世界都是自己的，只可我负天下人，不可天下人负我，深恨生不逢时，若在乱世必是一代豪杰，万古流芳。后来发现并非所有豪情壮志、卧薪尝胆都能值回票价，千帆看尽，我们终不得不相信过好这一生的方式有很多种，功成名就像一场大型竞猜，有备而来也看运气好坏。承认平庸往往比承认失败更让人百爪挠心。其实，做一只甘心在阳光下安心吃草的羊未必不是大智慧，若能够留在舒适地带，与熟悉的人事相处，所有的一切都是可掌控的，并为此感到很轻松、很自在、很愉悦，又有何不可？只要自己活得惬意就好，不思进取又如何？披荆斩棘的哥哥和乘风破浪的姐姐就留给那些人生赢家去当好了，小桥流水人家也是一种美好的人生态度。

无论个人境遇如何,都要好好教育下一代,至少不能让孩子输在起跑线上。虽然家长未必会要求孩子去完成自己未竟的事业,但内心深处望子成龙、望女成凤的初心是不变的。如果你在途中也感到育儿的经难念,不妨想一想,每个孩子可能都是比自己更高强的小八戒,你所梦想的可能并非是他们由衷期待的,你所释然的反而是他们心之向往的。如果他们累了,你也累了,那么就陪他们吃喝玩乐,让他们尽情玩耍,看他们花枝招展,随他们呼呼大睡!去珍惜孩子还是小八戒的时光吧!

不管是否一帆风顺,请努力前行!

· 迷途逢度

职场小指南

这世上从来不缺好领导,问题是自己有没有能力成为好领导。很多人都想做领导,上进心有之,虚荣心也难免,这无关人品,而是源于人性。然而,我却越来越同情领导,据我所见,身为领导的心路历程一般经历三个阶段:喜欢领导—厌倦领导—不得不领导。领导要体恤部下,部下要支持领导,大家都不容易。

我们从小受教于"欲齐其家者,先修其身",但现实往往不尽如人意,正所谓一入职场深似海,身处职场,欲大隐修身,颇需费一番苦心。成为领导不应是这个世界的唯一目标,我们有没有将工作视为事业,有没有全情投入,有没有为社会多贡献一份正能量,这或许才是个人价值的体现。以下,分享工作中的几点感悟,希望能对初入职场者有所助益:

第一,初入职场,再厉害也是菜鸟,放低姿态,眼观六路,耳听八方,脑子先转。

第二，谦虚谨慎是必须，忍辱负重也难免，但要不卑不亢，不必屈做店小二。

第三，不同的群体有不同的规矩，不同的地域有不同的文化，迅速观察、了解、学习、适应。别急着改造世界，先要入乡随俗。

第四，不谋全局者不足以谋一域，从大局角度考虑问题，但别太多虑，首先要认清自己的域，深耕之、细磨之、美言之。

第五，不论面对人还是事，抓住重点，捋清关系，关注细节，尊重规律。不迷信权威，但也不剑走偏锋，天才可遇不可求，没有继承就没有发展。

第六，有些人是拼出来的，其实更多人是熬出来的。学会放下，方能执着，要学会释然，不和自己较劲。

第七，别拿科长不当干部。传帮带逐级向上，科长看好你，你才有前途。

第八，工作看业绩，影响业绩的因素是多元的，天时地利人和、机遇天赋努力，都很重要。要有敏锐的判断力，对工作的环境、对自身的驾驭能力莫不如是，不合适尽早转场，但也要牢记祖训：事不过三！

第九，职场不是象牙塔，也有光怪陆离，不忘初心，常怀戒心，从容应对各种诱惑。

第十，工作需要在方方面面把握好度，说话办事都要讲究方式方法,掌握好分寸,这是一种度的艺术。高手在民间,大师在单位,应见贤思齐、多学多悟。

请牢记,欲戴其冠,必承其重。比出人头地更重要的是脚踏实地。

浅谈钢铁

钢铁是我的专业,后来也成了我的职业。

简单科普一下,铁和钢的基体都是铁元素 Fe,定义区别在于其中所含的碳元素,含碳多者叫"铁",含碳少者称之为"钢"。铁是用碳从铁矿石中还原熔炼出来的,还原熔化后,因密度不同,石头的成分漂在上面,铁会沉在下面,进而分离出来,但会有很多碳吸收其中。把分离出来的铁再用氧气烧一烧,将多余的碳和其他杂质烧掉,再添点"佐料"(合金),即炼钢的主要过程,铁就变成钢了。铁硬钢强,现在我们使用的大多是钢,随"佐料"不同,种类也非常多。

钢铁非常独特,自人类掌握冶铁技术伊始,此物便在历史舞台上扮演着极其重要的角色,但普罗大众对它的了解和兴趣却相当有限。上大学时,同届百多号同学只有屈指可数几人将冶炼作为第一志愿,且多为这一行的子弟,余者都是调剂来的。这成为我的第一志愿,却是因为偶然的选择。毕业后,很多同学都不干本行了，我是既学之则安之，一路坚持了下来。

其实稍加留意，你会发现我们周围钢铁的身影随处可见。大到整个城市就是突然崛起的钢筋水泥丛林，飞机满天飞，车子遍地跑，船舶到处游，小到手机部件、锅碗瓢盆，触手可及、无处不在。我们天天与之碰面，却很少留意到它。由于是基础材料，其身份仿佛广大劳苦大众，很少被歌功颂德。我却觉得这才是真的智者，大隐隐于市，正是钢铁可贵的低调气质。

铁是一种很特殊的元素。宇宙之初主要为氢元素和氦元素，其他重元素则是以氢、氦为原料，主要是在恒星中通过核聚变被"加工"出来的。对大质量恒星来说，铁元素是一个界限，当该恒星核聚变到铁元素时，就意味着将开启新的旅程，它会坍塌爆炸，碎片抛洒到宇宙中。人体的主要成分是氧、碳、氢、氮、钙、磷等。换言之，我们都曾在恒星中被"加工"过，都曾来自恒星——甚至，我们都曾是恒星，都曾照亮整个宇宙！

仰望星空，我们能看到的基本都是恒星，它们还要经过一番地老天荒的消磨才能幻化成和我们一样的生命吧？我似乎听到遥远夜空传来一声来自远古的召唤，让人欲插翅飞向那深邃的空间，寻找未知使命的答案。或许浴火重生的钢铁凤凰便是我们最好的伙伴，很幸运我选择了这个职业，抑或只要做好分内工作，便是不负天职。

劳动光荣，也要快乐

大家会不会经常揣摩领导的心思？尤其初入职场的朋友往往如履薄冰，若猜不透领导的心意，难免行差踏错，对自身的发展造成桎梏。工作中，纵使"言者无意，听者有心"，亦不必对领导言行的细枝末节进行过分解读，以免弄巧成拙。

领导确实会有很多想法，这和他的身份没有直接关系，任谁不是怀揣着一个光怪陆离、不为人知的内心世界？德尔菲神庙有一句箴言——认识你自己，苏格拉底都以此为座右铭，何况你我？我们连自己都不够了解，又怎能奢望透视他人的心意？其实在你挖空心思揣摩领导之际，对方或许也在扫描你的实际能力，思忖着什么样的工作才是你所能胜任的。

工作和生活具有本质区别，生活可以随性，甚至越随性越惬意；工作则是严肃的，有时甚至需要一些刻板，首当其冲就是保质保量完成任务。要知道领导也是有任务的，欲戴王冠必承其重，他们承受的压力有时非外人所能体会。可偏偏就有不少自作聪明者热衷展示一些与工作无关的技能包，和领导套套近乎啦，要点小聪明啦，他们信奉猫有猫道、鼠有鼠道。总之，他们的精力全部用来钻营，而非脚踏实地地实干。

当然，踏实做事者也会有顾虑。所谓鞭打快牛、能者多劳，领导会不会因此"委以重任"，拼命给我加码？一般来讲，能走到领导岗位之人必定会有两把刷子，对度的把握是有分寸的。如果确有困难，但说无妨，领导也不是铁石心肠，他的诉求是妥善完成任务，并非强人所难，如何变通就考验他的智慧了，这也是他的岗位职责。当然也不排除个别缺乏共情心的领导，他们效益至上，过分追求"狼性"，痴迷于榨取部下的无限潜能，对他们而言，与员工讲情怀简直就是食鸦片。遇到这样"铁面无私"的领导，还是尽早"分手快乐"，不说别的，我们先要保住革命的本钱。毕竟"留得青山在，不愁没柴烧"。

劳动光荣，但快乐也很重要！如果你在劳动中发现幸福感离你越来越远，那么尽早止损，另寻他枝。总会有属于你的一方天地可供安居乐业，不要怀疑！

/ 人脉 /

早晨赶高铁忘了带身份证,匆忙回去取。如今没有身份没关系,没有身份证可就麻烦了。身份证除了能验明正身,用途也越来越广,几乎等同于通行证,火车、飞机都没有纸质票了,一张薄卡轻松通关,非常便捷。

时代发展日新月异,现在买车票在手机上点两下就搞定了,放过去可没这么简单。我曾在半夜赶去车站窗口排长龙,站的还是龙首位置,可刚一放票就秒没,百思不得其解,都是被谁捷足先登了?彼时社会资源极为有限,渠道更是窄到不行,滋生了很多不法"黄牛",普通人没点关系真是举步维艰,赶上春运能买张站票都觉得人品爆棚了。人们越发看重人脉,老百姓早就有了共识——朋友多了好办事!

放在当今这个互联网时代,人脉依然重要,对于刚从象牙塔迈入社会的青年人来说,更要对此有一定的了解。既然称之为"脉",势必盘根错节,不易找到头绪。不妨用思维导图的方式对其进行简单的释义。首先，假设自己是原点。高度方向，人脉大致分为高级别、同级别和低级别；宽度方向，可分为单位、家庭和社会；长度方向，可分为相近职业、同职业和其他职业。高级别人脉有助于自身快速升级，助力我们轻松解决问题；同级别人脉可以和我们顺利啮合；低级别人脉也可以帮我们处理一些自己兼顾不得的细枝末节。单位内部的人脉可以与之并肩战斗；家庭成员为我们提供一个稳定的大后方；社会人脉则蕴藏着尚未可知的宝藏资源，说不定何时就能派上用场。相近职业的人脉帮我们弥补短板；同职业的人脉和我们有共同语言，交流中往往会擦出意想不到的火花；其他职业的人脉同社会人脉，都是宝贵的积累。

人脉这么重要，应该如何积累呢？无非是主动出击和守株待兔。主动出击非常有效，切记抓住重点；守株待兔是一种被动策略，很难碰到高质量的资源。一般而言，性格开朗者的人脉建设更像是水到渠成，而性格内向者即便被动获得了一些人脉关系，也会因为不善维系终难形成助益。

人脉固然重要，也不必过于迷信，它属于锦上添花项，关键还是要自强自大，原点有分量，引力自然强，不愁没有朋友，否则也是无缘见面手难牵。如今物资丰富，成功路径不再单一，社会也越来越趋于公平，即便君子之交淡如水，也不影响个体的发展。人脉再丰厚，不如贴心知己三五个。可能是年岁渐长，更感念于"桃花潭水深千尺,不及汪伦送我情"的心照不宣。古时,人们有时分开就是真的再也不见,所以会有长亭相送,会有折柳赠别,会有劝君更尽一杯酒,就此相望江湖,却能天涯共此时,也未尝不是一件幸事。

不必刻意钻营人脉,萍水相逢就是缘分,平常心看待就好。

/ 界 /

界是围城,

里面的人想出去,

外面的人想进来。

界是鸿沟,

跳过去的人勇敢,

跳下去的人鲁莽。

界是时针,

滴答歌颂着新生,

滴答哀叹着安葬。

界是落叶,

天空因为它轻了,

大地因为它重了。

界是零点,

既有又无的零点,

不正不负的零点。

度是一门艺术,

界是艺术之门。

门里既此又彼,

门外非此即彼。

凭有界之躯,

行有度之事。

怀无限之心,

达无疆之境。

/ 戒 /

花开花谢,
春去秋来,
翻开又合上,
合上又翻开。
月圆月缺,
潮起潮落,
遇见又错过,
错过又遇见。
思前想后,
踟蹰徘徊,
拿起又放下,
放下又拿起。
睡梦尚可易,
覆水却难收。

白驹过隙,

浮云苍狗。

才想忘戒名,

已然在戒里。

貌相

人类最重要的感觉是视觉无疑。我们对任何事物的第一印象,都是来自这种感官:风景美不美、房子大不大、车子酷不酷、包装好不好……对人的貌相也一样,有时第一印象甚至起着决定性作用。网络都那么发达了,不还是敌不过"见光死"的尴尬吗?因为视觉不会欺骗我们。

有一次,我跟随公司领导宴请另一公司的老总,同行的年轻干部较多,席间便谈到选人用人的话题。只听对方老总说:"我看人首先看外表,如果给人的第一感觉不好,是不行的。"这话说得相当直率,蛮戳人的,却是不争的事实。纵使人不可貌相,这却是绕不开的话题。

在古代,貌相的含义较为宽泛,不局限于长相,否则也不会发展出相术一说。崇尚科学的现代社会,此术被归为旁门左道,不宜提倡,却因自带悠久的文化基因对国人的思想多少会有些影响。如天庭饱满、地阁方圆、两耳垂肩就是大富大贵之相；印堂发黑、两耳蒙尘、眼下火赤则被视为不祥之兆。现在大家当然知道容貌几何全部来自基因的创意，都是有据可查的。然而神秘的事物向来自带拥趸体质，从来不少趋之若鹜者。如今，人们对貌相的界定愈发狭隘，也就停留在颜值层面，很少再和命运扯上太大关系，不知算不算是一种另类的进步？

那该如何评价一个人的貌相呢？对此，仁者见仁，智者见智。我的见解就是打眼看过去要让人感觉舒服。颜值固然重要，但那全看老天爷是不是赏饭吃，不属于原则问题，不能成为干扰项。仪态、气质很重要，站有站相，坐有坐相，举手投足透着修养和得体，说话点到即止，时刻为对方着想那就真是遇到加分项了。你看，最后让人感到倾心的反倒不是貌相了，更多的魅力来自性格和人品。有人又要说了，这都是要日久生情的，没有良好的第一印象连"生情"的机会都没有。似乎也不无道理，难怪医美行业势如破竹，那么多惨痛的案例都撼动不了人们渴望美丽、追求惊艳的决心，前仆后继，勇往直前。

也罢，那就貌相的归貌相，心灵的归心灵，大家各取所需吧！

看看电视

现在看电视的人越来越少了，手机太方便，内容也丰富，随便找个地方来个"葛优瘫"，大千世界便尽在掌握。我家的电视也渐成闲置，但近来心血来潮又开始看了。究竟是什么原因让我逆潮流而上呢？

《孝经》中有一个非常著名的故事，叫"曾子避席"。曾子是孔门弟子，一次他在孔子身边侍坐，老师就问他："以前的圣贤之王有至高无上的德行、精要奥妙的理论，用以教导天下人，人们就能和睦相处，君臣之间也没有不满，你知道它们是什么吗？"曾子深知孔子是要指教他深刻的道理了，立刻从坐席上起身，走到席外，毕恭毕敬答道："学生愚钝，还请老师指教。"此处的"避席"在今人看来多少有点小题大做、多此一举，可在崇尚礼仪的古时的确是个人修为的体现。曾子避席，一方面体现了他对孔子的尊重，另一方面彰显了自己的谦卑。这其实是个老故事了，为何此时却格外触动我心？

那天，我正窝在沙发里刷手机，可能是保持一个姿势太久了，感到身体一阵酸痛，不经意间扫到对面落地镜中自己的样子，着实吓了一跳——我的身体居然拧成了一根"麻花"，整个人简直可以用"杂乱无章"来形容。是的，手机带来了巨大的便利，也彻底绑架了我们的生存状态，连基本的"人样"都快没有了。我突然有些汗颜，平时还在给孩子讲要"站有站样、坐有坐样"，自己却摆出了最懒散、最不雅的姿态。于是，回想起曾子避席的故事。在古人看来，"国尚礼则国昌，家尚礼则家大，身有礼则身修，心有礼则心泰"。人们重"礼"，体现在行为上就是"仪"，不只仪容要整洁，仪态更要得体。我猛然坐直身体，觉得很有必要做出一些彻底的改变。放下手机，我细思冥想，还是看看电视吧！

看电视能改变什么呢？没有网络的时代，大家不都是看电视吗，现在又能有什么不同之处？我的改变就从仪式感开始，而看电视是极具仪式感的行为。不止自己，我还把家人召集起来一起看，谈不上正襟危坐，但绝不会出现四仰八叉的乱象。看的过程中，我们会根据播出的节目进行讨论，偶有争执，但气氛一定是和谐热烈的，很有团圆的感觉。这是手机绝不可能达到的效果。

"看电视运动"持续了几天，竟然得到了积极的反馈，大家对这种集体活动纷纷表示出盎然的兴致，尤其孩子，和爸爸妈妈一起观看社会新闻时，居然可以侃侃而谈发表自己的观点，让为人父母者眼前一亮，这可是我决定重启电视时始料未及的小惊喜。

如今，电视又成了家中的宠儿。有时看着孩子兴致勃勃盯着电视画面露出欣喜的笑容，竟让我恍惚回到自己的童年……

/ 紧张不紧张 /

要给中国观众最爱看的奥运比赛排个序，乒乓球项目一定位列前三名。毕竟我们拥有一支无可匹敌的"梦之队"，只要中国选手一站到球桌前，全世界就都知道——稳了！有了！绝了！所以，观看乒乓球比赛时我们心里都有底。那么参赛选手紧不紧张呢？一如观众般把握十足吗？还真不好说！

记得高考时我尽力将紧张指数调至最低，最后居然超常发挥，而有些平时比我成绩好的同学却败在了心态问题上。尝过了不紧张的甜头，促使我在此后的工作学习中也努力做到"任他风云变幻，我自泰然处之"，但理想很丰满，现实很骨感，做到和紧张绝缘显然是不可能的。

一次，我代表企业参与某个重要场合，虽然做足了功课，上场前还是觉得怀里揣了只兔子。董事长、总经理、副总经理想必是看到我脸色有些苍白，轮番给我降压，分享了不少他们自己抗压的故事。我呢？当时基本上油盐不进，大脑一片空白，手心也在冒汗。我终于知道，再好的选手面对关键赛事还是会紧张，这是正常的生理反应。紧不紧张也是相对的，在你紧张的同时，对手也很紧张，最后比的就是谁更紧张谁就出局。

个人总结大致有以下几种原因容易造成紧张的情绪：

一是面对陌生或较为艰难的环境。比如从学校到社会、从主场到客场、从办公室到会场，等等。有人会问：为什么领导很少紧张？因为领导场面见得多啊！这需要丰富的阅历和较强的能力打底。还可以尝试一些小战术，比如发言时尽量盯着会场某个固定位置，刻意忽略听众的各种反应。如果发现来者不善，很有可能陷入孤立无援的境地时，要告诉自己务必冷静下来，不能乱了阵脚，更不要尝试回避，既来之则安之。不管对方如何来势汹汹，我们都要直奔主题、就事论事，不牵扯任何旁枝末节，越是显得有备而来，越能赢得主动并获得对手的尊重。

二是缺乏足够的自信和勇气。关于这一点重点做好两方面的工作：首先做足功课，不打无准备之仗；然后建立自信，尝试和对方友善互动，示好绝不等同于示弱，气氛淡定下来，一切都有得谈。自信到位，勇气应运而生。

三是清高不凡的个性作梗。人是社会性动物，生存的本能驱使我们要不断与人打交道，自命不凡的性情极易造成与周遭环境的格格不入。处于被孤立的境地是诱发紧张感的原因之一。

四是急于求成的心态作祟。有时越想做成一件事,就越难以达成。寄予太强的渴望往往会加重思想包袱,负重前行自然事倍功半。怀揣平常心会让我们的神经松弛下来,放松、放空、放晴,只有保持明媚的心态,智慧才能发出光芒。打个比方,打篮球的时候,想进球就要做到两点:一是精准投球,二是忘记进球。

五是改善对紧张的易感体质。在重要的场合大家都会产生紧张的情绪,明明我们已经调整好心态下场,结果看到对手坐立不安、心神难定的样子也受到感染,一下子就乱了阵脚,此前做了再多的功课也是枉费。所以,知己知彼的工作只出现在准备阶段,正式开场做到"唯我独尊",只关注自己的一亩三分地就好。还是用竞技体育作比,能够进入决赛圈的哪个不是棋逢对手,最后胜出的一定是拥有钢铁意志、内心最强大的人。

最后,送给大家一个镇定心法,权且一笑化解紧张吧!

深呼吸——

深呼吸——

如果你真的需要。

别担心被取笑,

每个人都同情,

因为兄弟,

你是很紧张,

但我们一样,

我们都一样。

没人欣赏你的哆嗦,

他们在想自己的死活。

虽然此刻有些怯懦,

大不了三四颠倒。

绝不屈服,

唯有突破!

不过须臾之间,

咬碎你的钢牙,

端起你的破枪,

我们一起跳出战壕!

山舞银蛇,

原驰蜡象,

枪林弹雨,

飞机大炮。

沧海一声笑!

算清楚，不迷路

一天下班后，带女儿在小区和同学一起玩，有两个小女孩，一个骑小自行车，一个骑小滑步车，两个人在小广场上赛车，你前我后，超越占位，高速争夺冠军。因为太危险，自行车女孩被奶奶制止了，令人意外的是，她突然委屈地大哭起来，一边大哭，一边仰头向奶奶大声申诉说，"我喜欢滑步车，可是我的爸爸不给我买。"似如儿戏，但那种哀怨，那种委屈，那种伤心，那种叫天天不应、叫地地不灵，是一个成年人失去挚爱才有的表达。

女儿也挺爱哭闹的，不过是那种边哭边演式的，而这位小女孩的委屈看上去似乎并不简单，是父亲对她不够好，还是没有足够的能力去满足她的更多要求？女儿是父亲的心头肉，后者可能性更大。

很多时候人们要求多，其实是因为人比人，所以每个人都拼命努力不屈居人后，让自己变得更好，让自己的家庭变得更好、更幸福，家是我们的港湾，亦是我们的信仰。可我们有时也会糊里糊涂在家中迷路。在家中还能迷路？算一算吧！

假设人的每一代全无血缘联姻，一个人有父母2人，父母又各有父母两人共4人，这四人又各有父母两人共8人，也即呈2的正整数n次幂递增。假设每100年内有4代人，那么500年前为这个人贡献基因的人，也就是其祖先就有50多万人，1000年前就有5000多亿人——当然这是不可能的！其间，会有近血缘联姻使基数降低从而降低总量，但至少可以说明一个道理：一个人的祖先不仅是其所在姓氏和家族的那些人，还是数量非常庞大的不同姓氏的人群。逆向也是同样的道理，随着时间推移和代数增加，一个人在其后代基因中所占的比例会越来越小，直至微乎其微。过去交通不发达，除了特殊情况，人口一般交流较少，而现代交通高度发达，城市化和城镇化进程加快，人口流动规模空前，人们在其后代基因中所占的比例会更低。也就是说，真正传承生命基因的是大族群，而非独立的个人或者家庭。

什么是家？家有小家，家有大家。很多时候，我们都忘了自己只是时光的过客，只记得小家，只拼命去维护小家，而忘了大家。不是每个人都能做到忘我，但至少应该做到认识自我。"我"既是前进的动力，"我"也是前进的障碍——这是度的艺术。我们绘画，是美丽的；我们演奏，是美妙的；

我们歌唱，是美好的。让大家参与其中，能够开心；让大家默默回味，能够感动。只要人人都懂得爱，世界将变成美好的人间。

/ 各有脊梁 /

人终究要靠自己,

从呱呱落地,

至地老天荒,

这是天生我才,

亦是天降我任,

因为我们各有脊梁。

不懂得珍惜,

肆意挥霍。

不努力奋斗,

自甘堕落。

是否知道懒汉吃饼,

可曾听说民族灭亡?

别担心他太软弱,

软笔写硬字。

别担心他会犯错,

谁还不犯错?

别担心他会失败,

谁选择失败?

别担心他会受伤,

谁不曾受伤?

兄弟救急不救穷,

有难兄弟帮一帮。

仰首挺胸一起走,

敢作敢为敢担当。

点亮灯塔,

指明方向,

做好榜样。

甩起动人的浪花,

迈着大象的步伐,

展开雄鹰的翅膀。

餐桌上的学问

人是铁饭是钢,一顿不吃饿得慌!饿得慌,就手无缚鸡之力,脑筋也跟着委顿,整个人都停摆了。所以,吃饭乃人生一件大事,马虎不得。又兼人有复杂的思想,在吃饭这件人人参与的活动中,自然而然发展出了多彩多姿的餐桌文化。中国文化博大精深,其中关于宴请时的座席安排就很有说法。以我所在的山东地区为例,主陪一般是坐西向东或面向正门。不过我国幅员辽阔,各地有各地的规矩,入乡随俗就好。

既然说到餐桌文化,以下就碎碎念一些相关的规矩,正所谓不学礼,无以立。

一、尊长不上桌,小辈不落座。开席前,尊长坐好了,晚辈再坐;开席时,尊长动筷了,晚辈再动;上新菜时,尊长先夹,晚辈再夹。家宴时都是亲人,会随意一些,但也尽量循规蹈矩,大人做得好,孩子也能养成好习惯。

二、坐姿端正,认真投入。入宴要有仪式感,不可太随意,更不可大声喧哗、哈欠连天、唉声叹气。

三、就近夹菜。哪怕爱吃的菜不在面前，也不要起身远探夹菜。一般席间都会更换菜品的位置，等到爱吃的菜换到自己面前时再取用就好了。大人可以酌情帮孩子夹菜。

四、不要用餐具翻动菜品。同一盘菜可能既有爱吃的也有不爱吃的，不能只挑拣自己爱吃的。

五、吃饭时不要发出声音。就算再好吃、再享受，也请忍耐一下，不要大快朵颐地忘情发声，安静地细品才是对主人最好的恭维，也体现了良好的修养。

六、食物不可塞满嘴，更不可一边塞满嘴，一边高谈阔论。

七、夹菜捞汤动作要稳。偶尔失误亦难免，但总是出现噼里啪啦的遗洒声就不雅了。

八、用筷有度。宴请的意义不仅仅在于吃，更是为了联络感情，千万不可埋头只顾吃。要吃吃停停、停停吃吃，别人说话时，适时住筷聆听，尤其尊长发言或有人祝酒时，要放下餐具，静听或附和。此外，不可用筷敲击盘碗、指点他人，或将之直接插到饭碗里。

九、满酒浅茶。斟酒要斟满，倒茶要未满。一般从右手边开始斟，斟的时候动作要稳，切忌弄巧成拙边倒边洒。遇到不能饮者，亦不要强行劝饮。斟毕，尽量不将壶嘴朝向他人。

十、注意吃饭的节奏。吃得太快太慢都不妥：太快，无所事事不免尴尬；太慢，让整桌人干等更是难堪。

十一、切忌喧哗，适当发言。席间可以聊天，但注意音量，话痨和喧哗都是不受欢迎的。宴席的种类有很多，赴宴者的身份也各异，角色有分工，简言之：主角要控场，配角要捧场，龙套要隐形。主角要有做东的担当，有义务主导并调节席间的节奏和气氛。配角的分量也不轻，既要配合主角适时补充，又不能抢了风头。作陪的龙套以吃为主，以喝为辅，服从指挥，多听少说。

十二、有序离席。不急于入席，也不急于离席，一般请长辈先行。

规矩是死的，人是活的，既要遵守规矩，又不可死守规矩，又是度的艺术。无论如何都应把握好一个原则：尽量不让一个人厌烦，同时获得每个人的尊重。天下没有不散的宴席，相聚就是有缘，让我们珍惜每一个缘分，人走留名，雁过留声。

情深情浅

七八月份近昆仑，
雪山高原天地宽。
如今院落几花开，
昆仑已别近十年。
归乡还是家乡好，
也常追忆戈壁滩。
大漠塔克拉玛干，
孑然伫立天地间。
遥思水师撞不周，
幸得五色石补天。
舜耕历山禹治水，
江河上下五千年。
君子如玉行有道，
稳如泰山天下安。

高山为山土为土,
河水归河湖归湖。
没有细波清清浅,
哪得绿洲暗自青?
白云朵朵笑蓝天,
阴雨绵绵愁满容。
是否深情藏东海?
情深无度是情浅。
是否幽情留西天?
情浅无度是情殇。

/ 心的方向 /

有一个问题,

既有讨论的必要,

又没讨论的必要,

却终究还是要讨论。

浮浮沉沉,想了很久。

有一个概念叫作"熵",

熵是混乱程度的度量。

那又怎样?

熵增是宇宙的基本规律,

宇宙将越来越混乱?

曾桀骜不驯和他人争论社会未来,

虽各执一词,

也没有结果,

至少还都有所求索。

复而春秋,

岁月长流,

问道煮酒。

甲鱼锅中炖,

鲤鱼泉中游,

几人参透?

物竞天择,

适者生存,

做狼做狗?

管中窥豹,

盲人摸象,

蝼蚁可识危楼?

宇宙!

谁懂来由?

同出而异名者,

无有。

向左走还是向右走?

道可道,

道为道,

玄之又玄,

问道可知否?

寂兮,

廖兮。

曹叡女装。

道的模样,

你的模样,

我的模样,

道的模样。

从很远的地方来,

到很远的地方去,

心的方向。

· 爱铁成钢

/ 懂事助熔 /

懂事是懂得苦甜，
蜜罐尽甜死路一条，
良药苦口救人救命，
莫把恩人当仇人。
懂事是懂得香臭，
香气过溢孤芳自赏，
臭气熏天拒人千里，
中庸之道不无道理。
懂事是懂得闹静，
热热闹闹丝竹乱耳，
安安静静天籁物语，
用心感知世界。
懂事是懂得冷热，
一秋叶落知岁将暮，

白雪花飘晓春不远,

明目以察秋毫。

懂事是懂得劳逸,

劳动是希望的田野,

安逸是田野的诗篇,

劳逸结合劳在先。

懂事是懂得本末,

能抓老鼠就是好猫,

狗咬耗子多管闲事,

先做好分内的事。

懂事是懂得尊卑,

长幼不分没大没小,

尊老爱幼有心有德,

问问自己是谁。

懂事是懂得对错,

有成绩能总结经验,

犯错误能反躬自省,

勤谨和缓记心间。

懂事是懂得输赢,

不达目的决不罢休,

胜败却为兵家常事,

赢得起输得起。
懂事是懂得舍得，
不仅考虑自己快乐，
还能肯为他人付出。
有舍才有得。
懂事是懂得深浅，
七岁八岁可讨狗嫌，
老大不小不惹人烦，
心细嘴甜腿要勤。
懂事是懂得方圆，
规矩法纪为人守框，
自己他人心中有圆，
情商智商又三商。
懂事是懂得前后，
前事不忘后事之师，
走一步棋想三步棋，
观六路而听八方。
懂事是懂得进退，
前进是不懈的追求，
后退是前进的智慧，
拿得起放得下。

懂事是懂得奢俭,

骄奢淫逸不得人心,

俭朴老实厚德载物,

不做欲望的奴隶。

懂事是懂得宠辱,

宠不忘看花开花落,

辱能常思云卷云舒,

古今都付笑谈中。

懂事是懂得忠奸,

殷苏妲己祸国殃民,

齐钟无盐辅国安邦,

知人知面要知心。

懂事是懂得真假,

真真假假是非分明,

假假真真黑白颠倒,

慎思明辨笃行之。

懂事是懂得始终,

明白终点方能开始,

随波逐流虚度人生,

人生是一场修行。

懂事是懂得悲喜,

悲伤时能安慰自己，

快乐时不得意忘形，

微笑面对世界。

心中有尺，

行事有度。

聪明反被聪明误，

却也道难得糊涂。

看似简单，

做起来难。

莫恨知了复知了，

莫怨渊深路又遥。

虽然复杂，

不离辩证。

浮云一笑已他山，

我空临海叹长潮。

理尚未尽，

词已先穷。

我过我的独木桥，

愿你常有阳关道。

| 爱是灯塔 |

不打不成器！这话说起来不费吹灰之力，曾是国人代代相传的教子之方。父亲常和我说，小时候奶奶经常打他，竹竿子都打折过。我觉得一定是他特别淘气，否则慈眉善目的奶奶怎会忍心动手？从没听姑姑、叔叔们抱怨过奶奶的"暴行"。现在想想有点明白了，很可能是她发现棍棒教育效果甚微，所以对爸爸之后的孩子都改变了策略。

即便有了前车之鉴，育儿路上我仍不知不觉走了弯路，为此，儿子没少受委屈。都说虎毒不食子，我肯定不是有意折磨孩子，而是轻信了"不打不成器"的古训。当然不是那种没头没脑地上手就打，而是先礼后兵，道理讲尽，仍重复犯错，就会选择打。偏偏我也是一个非常执着的人，有点认死理，所以这种简单的教子方式一用就是很多年，可到头来什么问题都没有解决，儿子依然故我，父子关系却愈发紧张，一触即发。还好，我终于发现自己走的是死胡同。

诚心奉劝仍对此法抱有幻想的家长就此打住。印象中，我的父母从没打过我，对女儿我也只动口不动手，甚至连批评教育都选择最委婉的方式，并发现很多成长问题都可以通过"和平演变"的方式得以解决。

我们常说事不过三，意思是万事都有个极限，也要给对方留足了台阶。我曾听到邻居带有威慑性地对他的孩子高喊："我数一二三了哈！一——二——三——"然后就听到刺耳的哭声响起。想想不免可笑，对孩子来说"三"只是一个虚数，情绪激动的时候他们什么都听不到，大人的恐吓只能是火上浇油。耐心和包容才是家长心智成熟的表现，此时不妨给孩子一个宣泄的渠道，等他们能够平心静气地接收外界信号了，再开始推心置腹、和风细雨地谈心就好了。是的，是谈心，不是说教。这一点非常重要！二者的方式方法全然不同，切不可混为一谈。

我并不是纸上谈兵。套用股市中的一句话——成功的秘诀就是在忍无可忍的时候，再忍一忍。儿子进入五年级，我开始认真践行此言。每每到了恨不得原地爆炸的时刻，我便咬紧牙关，竭力将满腔怒火压制下去，尽量维持表面的平静。整整一个学期，我都没有对他在学习和生活中所犯的错误大发雷霆，看起来像是有点忽视了他，但也算了不起的改变了。令我惊喜的是，儿子似乎很吃无为而治这一套，学习成绩反倒进步了，期末考试居然触底反弹。虽然有些问题仍然存在，但对他来说，这已是一个不小的里程碑。

大概从二年级起，儿子的学习开始举步维艰。他并不笨，相反，或许因为聪明过了头，小小年纪就懂得避重就轻，没乐找乐享，有苦绝不吃。为了扭转颓势，我和妻子使出浑身解数，却始终不得要领，每天斗智斗勇到身心俱疲。本着"有钱能使鬼推磨"的"祖训"，物质激励成了最后的救命稻草，可儿子的状态似乎已经跌入恶性循环的轨道，根本就达不成目标、拿不到奖励，反倒是不断受到打击，基本走向自暴自弃。

记得四年级下的期末，对教子事业已经心灰意冷的我把儿子叫到身边，想最后做一次苦口婆心的努力。在讲了一番毫无新意的大道理后，我语重心长地问他："儿子，你究竟要爸爸怎么做，才能好好学习？你究竟需要什么？或者说，你喜欢什么？爸爸再也不揍你了，因为我觉得揍你也没有用，讲道理也是白费口舌，咱们做个交换，爸爸负责给你你想要的东西，你负责努力学习，我们都说到做到，怎么样？"他先哭着跟我说了一些表示委屈的话，然后坦诚地告诉我："我喜欢玩，喜欢钱，喜欢平衡车，喜欢Z6手表。"喜欢玩这一点我不意外，但喜欢钱着实让我吃了一惊——小小年纪就成了大俗之人！我尽快让自己平静下来，脑细胞可没闲着，不停思考是"绩效管理"本身有问题吗？还是这种方式不完全适用于孩子？对孩子来说，是不是应该反过来思考？那次谈话之后，没等到考试，我就给他买了平衡车和Z6手表。之所以提前满足，是出于两方面的考虑：一是儿子确实好几年都没得到过心仪的"大奖"了，心理上处于一种极度的饥渴，毕竟学习成绩越来越差，有点陷入恶性循环了；二是既然已无路可走，索性就破釜沉舟一次吧！

经过一个学期的考察，我竟然感到了一丝欣慰。儿子的状态逐渐有了起色，物质上的鼓励似乎真的给他带来了不小的动力，是又感受到了久违的父爱吗？我突然感到有些汗颜，也许过去对儿子的态度确实过于简单粗暴了，总是在不断要求，甚至是脱离实际情况地要求，却极少给予正面的肯定，无论是物质上的还是精神上的，这一点其实挺可怕的。试想，如果自己处在儿子的位置，每天接收到信号都是负面消极的，我也会感到生无可恋。因此那段时间，我一反常态，面对他的犯错和失败尽力保持冷静以及客观的立场。一个对暴风骤雨见怪不怪且接近麻木的孩子，突然迎来风平浪静的岁月静好，会率先怀疑，随后是自省，自发地做出调整，最后才会坦然接受。是的，不要小看孩子的心智，他们是世上最善于察言观色的小动物，大人的一举一动在他们眼中都有引申解读。至少我能很强烈地感受到儿子的内心博弈：爸爸不再暴跳如雷了，即便我做得不够好，他也能坦然接受，甚至给予鼓励，那我是不是也应该有所改变,给他一些希望?没错!要让孩子能看得到希望,而且够得到希望,同时也提供一个安稳的港湾,让他们有放手一搏的底气。

在前文《浅谈钢铁》中,我提过冶炼钢铁的一些基本知识,那么此处就结合实际地谈一谈。我们可以将人视为铁元素、碳元素,就视为俗物好了。一个人若要升华自己,炼铁成钢,就要脱除富余的碳和其他杂质,即努力"脱俗"。具体怎么做呢?原理很复杂,但操作并不复杂。简单讲,炼钢的一般过程是先吹氧、后出钢、再镇静,一个铁水自我燃烧的过程。注意,是自我燃烧!而不是用外火去烤,也不是用外力去锤打。怎样自我燃烧呢?把充足的氧气吹入铁水中,氧就会和其中的碳以及其他杂质元素结合起来。由于这些元素的化学性质更活泼,会比铁优先氧化,最后作为主体的铁就能被保留下来。这个碳以及其他杂质元素和氧结合的过程是一个释放热量的过程,表面看就是火焰熊熊的自我燃烧。由于整个反应过程复杂而剧烈,炼钢炉需要有超大的自由空间,否则铁水四溢喷溅,冶炼就无从谈起了。

如果碳是俗物,那么氧气是什么?氧气之于人类,就像水之于鱼,是维系生命的能源。都说上善若水,水善利万物而不争。氧气正如善,在我看来,就是不掺杂质的爱。

回顾自身的成长历程,父母从未打过我,对我没有奢望,只有厚爱，他们包容我的不完美，把最美好的爱和期望都给了我。虽然他们文化不高，亦讲不出深奥的道理，但那份爱一目了然，鞭策着我不断自我进步、自我升华。我是如此害怕一旦止步不前，便要辜负这份无私的爱，所以那时无须外界的推动，我会自发地凌晨四点就爬起来在被窝里学习。我的想法特别简单，我爱我的家人，要为他们而学习。是的，我第一个想到的并不是自己，而是那些真心爱护我的人。我竭尽全力提升自己，期盼有朝一日为他们提供尽可能优越的生活条件，以回报这份沉甸甸的养育之恩。没有人给过我系统的指导，摸着石头过河自然要走过不少弯路，但家人的爱就是我的灯塔，让我始终不曾偏离航向。不管前路又远又长会遇到多少险滩，抑或遭遇多少嘲笑、质疑、伤痛、彷徨，家人的爱就是我的力量，可以助我冲破所有藩篱。

如今，我也成为一名父亲，是不是也应该为孩子营造一座坚实而温暖的灯塔，为他指明前路，做好护航？所幸，我的领悟尚不算晚。从四年级寒假起，我们的父子关系渐入佳境。我学着当年父母的样子，尽量去包容儿子的所有不足，对他多一些耐心。比如，他早晨不洗漱，喜欢像赤脚大仙一样光着脚丫，我就会及时提醒他。起初他总是忘，放往常我早就开启喷火模式了，现在只会不动声色地告诉他，如果老师同学看到他这副不修边幅的样子，必定会被视为笑谈传遍全班。

儿子也不和我正面刚，却潜移默化有了转变。一天早晨，他兴高采烈地叼着牙刷跟我说："爸爸，今天早晨我想起来要刷牙了！"我并未流露出过分的喜悦，而是用坚定的口吻回应："这样做就对了！要对自己有信心，不要因为一次做不好，就觉得永远做不好。好习惯就是慢慢养成的，你现在就做到了，是不是？学习也是同样的道理。"话是说给儿子听的，也是说给自己听的，可能就是因为没有意识到拔苗助长、恨铁不成钢这些情绪带来的负面效果，导致儿子总是蔫蔫的，长期缺乏自信。

后来的一个周末，我们一家四口坐在沙发上听广播，儿子突然不经意地说了句："好温馨的家啊！"听闻此言，我的心中大喜，仿佛看到他的头上像是打着了火，开始冒起小火苗。要知道，炼钢时最恼人的事情之一就是铁水打不着火，只要能打着，只需在合适的位置吹入合适的氧量，铁水就自发地炼起来了，要多省心有多省心。我不露声色地观察儿子，就像一个炼钢工人远远注视着炉火冷静操作一般。此时，我胸中有了一些底气。我告诉自己千万别再犯急于求成的老毛病，冒进极易造成冶炼事故。炼钢是典型的慢工出细活，必须保持稳定的节奏，阶段性地匀速前进。一如龟兔赛跑，落后一些绝不是决定性因素，成功会站在耐心者的这一边。

炼钢不仅要吹氧，过程中还要阶段性地加点干货（造渣剂）。碳燃烧后会变成气体飞走，但杂质不行，它们会转变成总体呈酸性的矿物，漂浮在钢水之上。为了稳固这些酸性物质并去除有害的杂质，不让它们返回钢中破坏钢的性能，需要向炉内添加碱性矿物，以便把炉渣调成碱性的。如果酸性的物质是糟粕，那碱性的物质无疑就是精华。这样一直进行下去，一炉钢就炼出来了，时间和火候一到，便可以停止吹氧，把钢水倒出来，这个倒的过程就叫"出钢"。出钢的过程中，如果之前碳被脱得太低的话，还要再补充一些碳，另外再加点合金。这就好像一个人即将步入社会，过于天真单纯的话是很难适应的，需要适量地补充一些俗气。合金就好比特长、特性，种类很多，结合起来五花八门、千变万化，会使钢衍生出各种不同的类别，具有各种不同的性能，适用于不同的环境。出钢在炼钢过程中是十分重要的一个环节，也是一个迅速而剧烈的蜕变过程，相较于人生，可类比就读大学或职业学校的这段时间。

大部分合金是最后出钢时才加入的，加得太早没有用，因为会被氧化进炉渣中，效果甚微，只会浪费更多的氧气和时间，甚至会烧损更多的铁元素。对于一些特殊钢种，会有个别用量比较大的合金，可以先添加，但有特殊的吹炼方式，是专业性更强的操作。吹炼最主要的功能就是脱碳脱杂质，能完成这个任务就是成功。现在炼钢讲究分步实施，不可能把所有事情都在吹炼过程完成，一股脑大杂烩往往只会造成混乱。另外，炼钢需要极精确的时间点，火候到了必须停止吹氧，随后出钢。吹过多的氧不仅会烧损过多铁元素，而且过多的氧会在钢中形成很多有害杂质，有百害而无一利。所以说，孩子大了，父母该放手就放手，而且是必须放手，不放手只会伤害孩子。

上述过程都完成，钢就炼成了。还有一些美中不足，前述过程中形成的有害杂质和气体还残留在钢水中，虽然量不大，在将来的钢材使用中却会构成巨大的隐患，钢用到最后出问题，往往都是这些深藏其中的杂质引起的。如何应对？吹氩镇静！氩气是一种惰性气体，不和钢中的任何物质反应。此处无须了解太多，只要知道吹氩气能达到两种效果，一是真空的效果，二是搅拌的效果。真空的效果能把有害气体抽带走，搅拌的效果能促使悬浮在钢中的夹杂物上浮排出，同时使钢更均匀。曾子曰："吾日三省吾身。"所以，人一定要经常静思，只有达到空的境界，才能让智慧发散光芒，更好地净化心灵，去除那些深深隐藏的糟粕。其实自吹炼开始，越早吹氩气越好，持续的阶段越长越好。现在炼钢都是全过程吹氩，大概是吹炼阶段大吹，其余阶段小吹。也就是说，人多多静思没有坏处。

吹氩镇静之后就是很出色的钢了。不过，钢是复杂的、千差万别的，高级别的钢还要在更苛刻的环境中脱除更多杂质和气体以及合金化，但万变不离其宗，无非是创造更大的真空条件，进行更长时间的搅拌，加入更多的干货和合金，加碳、减碳等等，以便把钢的性能调整到适合的区间。无法一一列举，只能在实践中体验——要耐得住大寂寞，经得起大考验。

到这里还没有结束，因为这只是炼钢的过程，一炉优质的液态钢水从熊熊火焰中走出来，接下来还有两大步要走，即冷却成型的过程。

第一步是将一千五六百度的钢水冷却下来，变成温度较低的固体。现在一般要喷水冷却，但不能一下子喷太多，要先隔着东西间接喷，待凝固一些，再直接缓缓喷、缓缓冷。这就像一个人在实际境遇中，由雄心万丈、热血沸腾变得冷静、踏实、内敛、务实一样。注意，突然之间猛浇一盆冷水是不行的，会出事故。水在钢凝固的过程中异常重要，在吹炼的过程中也同样重要，但不是用水吹炼，而是用水冷却吹氧气用的钢制氧枪。吹炼过程中系统温度很高，不用水冷却的话，钢制氧枪会率先自主熔化掉，吹氧便无从谈起了。

那此处的水又是什么？我觉得它是另一种大爱。如果氧气给人的是充满动力、火热的爱，水给人的便是一种云淡风轻的爱。那种淡然就像我和奶奶并肩而坐晒太阳，彼此不必说话，就能强烈感受到她对我的关怀。淡然的爱是浅爱，浅的只是形式，却一点不影响爱的深度和力度。陪伴孩子的过程，要始终保持淡然之心,默默看他笑,远远听他哭,如果被孩子带了节奏,他还没事,你已经抓狂到坐立不安了。这就是为什么辅导作业时,孩子尚一脸茫然,家长已崩溃到失态的根本原因。

吹炼过程中最忌讳的是什么?却也是水。因为一旦氧枪没控制好而被烧漏,冷却水就会进入翻腾的钢水中,钢和水一混合,就会发生剧烈的爆炸反应。所以,不要因为自己心态崩了就猛浇冷水,把情绪转嫁给孩子,他们的理解力有限,搞不好会被严重吓到,结果是大人孩子全军覆没。有时环境太恶劣,偶尔没坚持住漏水了,也属正常。此时千万不要慌,第一时间同时做好两件事:第一,马上切断水源和氧气;第二,稳住钢水,让它一动不动,待水浮在钢之上慢慢蒸发掉就没事了。这就好比心情崩溃之际,最好什么都别做,赶紧找个地方冷静一下,直到恢复理性思考再说,切莫瞬间爆发!

第二步,也是最后一步,就是把凝固的钢加工成各种形状,使之变成真正能堪重用的钢材。进行此步之前,要确保钢不要凉透,否则质感就会偏硬,增加加工的难度。这时,外力终于派上用场了。用外火把钢烤一烤,烤软了就便于加工了。这像不像入职前的培训?需要的多培训一段时间,不需要的少培训一段时间,火候正好的也可以直接上岗。培训之后,就是各自走上不同的工作岗位,接受企业和社会的塑形,成为各行各业的钢铁脊梁。对于一些高级钢种来说，在使用之前，还要经过一些更复杂的热处理或者千锤百打的锻造过程。

这就是炼铁成钢的完整过程，在此结合人生体验尤其是育儿方面的感想浅显地进行了一下类比。钢铁冶金是一个独立的学科，涉及的元素和化合物数量众多，衍生出的钢种有厚厚一本书，继续深入探讨的话，绝不是一篇文章可以说尽。

"不打不成器"其实一直被人们曲解了，这里的"打"原指"打磨"，千百年来却被以讹传讹为"棍棒之下出孝子"，真是着实委屈了它！如果你还是这样曲解，那就快快忘记这句话吧！记住，爱铁才成钢！点亮爱的灯塔！

/ 胜不骄，败不馁 /

儿子的学习和生活状态越来越好，钢琴弹得也不错。这已经是他连续三个学期有明显进步了，事已足三，基本可确认父子都已走上正轨。很欣慰，不容易！

虽然目前的成绩还不够完美，但也符合阶段性匀速提高的规律。不管怎样，能够超越自己，也是成功，若能积跬步，也能至千里。

虚心使人进步，骄傲使人落后，虽然取得了一点点成绩，还必须不断努力。人生如逆水行舟，不进则退，一定要有持之以恒的毅力。由此又想到炼钢。钢中除了作为主体的铁之外，还有基本的五大元素，分别为碳、硅、锰、磷、硫。硅，此处我们可看作"平凡"，锰相当于"勇敢"，这二者问题不大，且一般都是必要的，关键是磷和硫。对于绝大部分钢种来说，磷和硫都是有害元素，对钢的性能有很大的影响。磷会使钢"冷脆"，硫会使钢"热脆"，所以磷可能相当于"馁"，硫可能相当于"骄"。胜不骄，败不馁，这句话要牢牢铭记在心，并去努力净化自己、提升自己，冷静塑造自己、成就自己。

· 送你一把剑

送你一把剑

我们都知道取其精华、弃其糟粕的道理，但深受糟粕影响者仍不计其数，有人甚至终生与糟粕为伍而不自知，可能是喜欢糟粕，抱着糟粕不放；抑或根本不知何为糟粕，任由糟粕抱着自己不放。有朝一日，当他有所觉醒想脱身时，却发现糟粕已渗至骨髓，和灵魂融为一体，欲罢不能了。

千里之堤，溃于蚁穴。糟粕起初都不起眼，可不经意间就会积小成大，积少成多，积水成渊，当其根深蒂固之时，或会有蔓延失控之势，如果同时你还嗜好糟粕的食物，就会从精神和物质上受到双重打击。《孙子兵法》有言："上兵伐谋，其次伐交，其次伐兵，其下攻城。"兵谋皆弱，三者已输其二，则有交如医药亦难保，城危之日恐不远矣。那么，今天就送你一把剑，专门用于切割糟粕，早断早利索。此剑名为"只要言论极端就要高度怀疑"，有点长，但尺寸并不大，剑的结构也不复杂，说明书如下：

一旦走入极端，就如同走向数轴的无穷大，所谓"物极必反"，按照数学定义，无穷大的极限不存在，此时会有由"有形"坠入"无形"的可能，因为现实世界并非无形的，无形会和现实不相符。而当无形和现实不相符时，它就成为现实世界的反面教材，即所谓的糟粕，需要及时切断……

如果懒得看说明书也无妨，此剑使用起来很简单，接下来就来试试这把剑，遇到荆棘就亮剑斩斩，遇到萑草就抬脚蹬蹬，遇到巨石就努力翻翻。有些荆棘似已被砍过，可斩草未除根，就再深挖一番吧！

自由恋爱

爱情是这个世界永恒的话题，可人们的爱情观却并非永恒不变的。传统人士崇尚"一生一世一双人"，恋爱的最佳归宿就是走入婚姻殿堂，最初的激情在柴米油盐、尿布奶瓶的凌乱日常中渐渐升华为一种对家庭的责任感。年轻人的新世界则异彩纷呈，相对于责任，他们更注重自我情感的体验，对能否从一而终修成正果似乎并不是特别在意，甚至对有可能孤老终生都不太介意。"不开心就分开喽"成为当代年轻人普遍的恋爱观。

突然觉得自己真的老了，有点跟不上时代的步伐。国家已经在鼓励三胎了，可有些年轻人都不想结婚了，甚至连恋爱都懒得谈。我曾问过身边的年轻朋友是否还憧憬婚姻，他们纷纷露出意味深长的讪笑，像是个个都身经百战似的，然后轻描淡写地说："现在有太多比恋爱更有趣的事呢！"也对，网络时代一切都可以虚拟，包括情感，还可以不计任何成本，更不必信守承诺、承担责任，自我感觉良好就是终极目标。

恕我真的不敢对此苟同，可能在这些孩子眼中，我就是一个拖家带口、负重跋涉的苦行僧吧！不觉得疲惫吗？当然会！尤其面对事业和家庭的前后夹击时，确实有分身乏术之感，甚至会有撂挑子的闪念，但当我看到一家笑口，感受着无与伦比的天伦之乐时，感觉一切付出都是值得的，而这些都是婚姻对我最美好的回馈。

恋爱当然是自由的，但如果把自由等同于随心所欲，甚至将之视为人生的行为准则，最终失去的很可能正是自由的权利。

鸡狗之言

"嫁鸡随鸡,嫁狗随狗"这句俗语其实源于"嫁稀随稀,嫁叟随叟",稀指少年,叟是老翁。不言自明,封建社会女子地位低下,对方是翩翩佳公子抑或耄耋老朽,嫁好嫁坏仅凭父母一句话,丝毫没有把控人生的权利。后来经过欧阳修和赵汝鐩的演绎,又有了"人言嫁鸡逐鸡飞,安知嫁鸠被鸠逐""嫁狗逐狗鸡逐鸡,耿耿不寐辗转思"两句,衍生出如今这个通俗易通的说法,还在被广泛使用。都21世纪了,这样的不谐之音竟然仍在误导女性走向绝路,实在可恶!

不能不说文化糟粕的杀伤力是惊人的,鉴于漫长的历史积淀和根深蒂固的观念使然,仍有中国女性在精神解放的征途上阻力重重、举步维艰,具体到婚恋领域这句"鸡狗之言"尤为诛心。那意思似是,年轻时不懂事选错了偕老的对象,女人也要用整整后半生的时光为此买单。最可怕的是,居然还有亲生母亲用这种言辞苦劝女儿识大体、顾大局,把生活过成一潭死水，难道同性之间不应更多一分体谅吗？想必有人又要举起"为了孩子"的大旗！一个人煎熬已经够苦了，还要孩子一起跟着受罪？我只想说，如果真的不幸遇到魔鬼，难道不应立刻逃开，还要献上一片赤胆忠心吗？

平心而论，膝下一儿一女，我是真的偏爱女儿，她是那么娇俏、那么温柔、那么贴心，很难想象有朝一日真会有如我一般爱护她的男人出现。但笃定的是，若她真的不幸遇人不淑，我必定第一时间助她脱离苦海，不会有丝毫犹豫。有些人鸡狗不如，圣母心大可不必！

那么现在讨论这句"鸡狗之言"的时候，我们在讨论什么？这其实是一个关于"选择"的问题。如今早已不是父母之命的时代，人们都可以不恋爱了，遑论婚姻，以至关于家暴的社会新闻出一个爆一个，这说明女性完全能够正视自己的权利，并勇敢地使用法律武器保护自己不受侵害。这是社会的进步，也是女性自我意识的觉醒，可喜可贺。但有人的地方就有江湖，遇人不淑的境遇每天都在发生，难以杜绝，难道就此因噎废食？生活还是要继续，幸福仍旧要争取。需谨记，选择伴侣可不是拆盲盒，绝无幸运可言，浓情蜜意之际也要时刻保持理性的头脑，毕竟我们要建立的是一个家庭。何为家庭？家庭应是幸福生活的载体，而伴侣是要携手一生不离不弃的生死搭档，只有肝胆相照、心照不宣才能结合在一起，这种彼此追随是发自内心的,绝非"嫁鸡随鸡,嫁狗随狗"这般敷衍、委屈。

希望所有女性朋友都能找到属于自己的幸福。当然,以上说的这些男士同样适用。毕竟,大家都幸福才是真的幸福!

/ 甜蜜的债 /

"孩子是来讨债的"本是句玩笑话,不值得细品,但身边这样的牢骚总是不绝于耳,也就上了上心。这简直就是一个让孩子背锅的伪命题。

自从做了父亲,我的大部分业余时间都用来陪伴孩子,想必很多同龄人都是如此吧!单是陪伴还好,但遇到熊孩子撒泼耍赖真会被气得七窍出血,有时也怀疑这家伙不会是上天派来折磨我的吧?仅仅是体力上的消耗还好说,关键是累心。孩子的性格、特点各有不同,一儿一女的话更是要讲究沟通的方式方法,少不得斗智斗勇、软硬皆施,简直是一项巨大的攻心工程。可不管怎么说,累归累,见到孩子讨喜的时候,也由衷感到无比快慰。孩子能带来无尽的希望,也会为我们注入满满的动力,更能教会我们很多宝贵的东西,反而觉得孩子不仅不是来讨债的,还是来帮忙的!养儿育女应是一种自然的情感选择,而非生意,带着精算师的眼光动辄将养育的投入产出放在嘴边，孩子就真是来讨债的，而且随着他们年龄渐长、心智成熟，你会发现这个"负资产"已经滚雪球般成了心腹大患，迟早有"暴雷"的一天。

　　当然，大多说这些话的父母也就是口嗨一下，用时下的流行语讲，还有不少是在"凡尔赛"[①]，一如丰收的农户见人就抱怨："看今年这收成，是要累死我啊！"表面愁眉苦脸，其实心里早就乐开了花，恨不能年年累死才好呢！"孩子是来讨债的"也属于这种性质，说的时候肯定是在发牢骚，你要信以为真不知趣地劝上一句："就是，别理他，干脆让他讨饭去！"好了，朋友肯定是没得做了。不排除大多情况下，为人父母者脱口而出此言确属心力交瘁的表现，即便真是来讨债的，子债父偿者还是居多，几乎没有人会真的放弃自己的孩子，舐犊情深是人性使然啊！

　　下次再听到有人吐槽"孩子是来讨债的"，我必定会笑着回应："是啊，这世间最甜蜜的债！"

[①] 凡尔赛，时下网络流行用语，正话反说，似贬实褒。

/ 防老有道 /

宋人陈元靓的《事林广记》中最知名的一句话应是"养儿防老，积谷防饥"无疑了，一句道破国人对传宗接代的使命感，也彰显了对未知生活的某种忧虑。

我的姥爷很高寿，享年九十有六，和姥姥一共养育了八个孩子，七女一子。姥爷很是疼爱舅舅，好吃好喝都要留给他，终其一生都牵挂着这根独苗。儿子大多随母亲，舅舅跟姥姥极像，人很温和，可能是从小被呵护照顾得无微不至，向来不爱操心。

姥姥健在的时候，老两口尚能相互照顾，后来姥爷独自生活了，过得倒也挺清闲，儿女们会时常去看望他。他的身体很好，但随着年龄越来越大，添了白内障的毛病，腿脚也不太灵便了。在生命的最后三年，他的生活不能自理，就跟着孩子生活了。不过儿女的年龄也不小了，家家都有难念的经，后来主要就是几个女儿女婿轮流照顾他。于他而言，说是"养女防老"还差不多。姥爷应该也想明白了，儿女都一样，最后将财产均分给了儿女。

漫漫一生，人都在寻找某种归依。小的时候生活不能自理，要人照顾；长大了要找人成家，养儿育女，照顾自己的孩子；老了又变成不能自理，需要他人照料。很多人都认为养老是件很私人的事情，只信得过至亲，有些甚至还必须要儿子，就算是个不孝子，也要硬着头皮跟着一起讨生活！在有些国家，养老事业较为发达，暮年进入养老院是司空见惯的事情，有专业人士提供专业的服务，却也不失为一种选择。

我想起以前坐火车经过乡村，会看到很多宣传标语，其中一条就是"生男生女都一样，女儿也是传后人"。当时觉得很费解，全都是自己的亲生骨肉，社会已进步至此，甚至有些孩子都取父母复姓了，为何还有人要靠这样的宣传扭转观念？人们必是还存有太多迷茫和困惑。儿女双全后，我甚至预感以后的生活似乎只能指望女儿了……养儿防老？从没有过这种奢望，儿孙自有儿孙福，只希望孩子能走好自己的路，我能不给他们添麻烦就很好了！

比"养儿防老"更切实际的是"白头偕老"。如果前生五百次的回眸才换得今生的一次擦肩而过，一定要珍惜这百年修得共枕眠的缘分。如果父女母子一场，孩子终会用他们的背影默默告诉你：不必追，那么就让我们拉紧身边人的双手，轻轻告诉她（他）：我能想到最浪漫的事，就是和你一起慢慢变老！

当一天和尚，撞一天钟

说到"当一天和尚，撞一天钟"，可以一分为二地看：如果心态是积极的，这句话也是积极的，所谓不积跬步无以至千里，言外之意，这个撞钟的小和尚是尽职尽责的；如果心态是消极的，这句话也会是消极的，即和尚不好当，这钟撞一天算一天吧！

《孟子·告子·学弈》中有一段经典的描述，弈秋教二人下棋，一人专心致志，一人三心二意，"一心以为有鸿鹄将至，思援弓缴而射之"，结果在同样条件下，自然是专心听讲者的学习效果更好。人对待一件事物能否专心，兴趣的因素不容小觑。因此我们常说，如果能将兴趣发展为职业此乃人生一件幸事，必然能全身心投入工作。可如果把游戏和学习同时摆在一个天真的孩子面前，他会选择哪一个呢？答案必定是游戏。难道要让孩子都以游戏作为未来职业的方向吗？答案也当然是否定的。那么，这是不是和"将爱好发展为职业"

相矛盾了呢？

　　诚然，将兴趣发展为职业实乃一种幸运，只是这幸运可能会打一个折扣。叶公好龙的故事家喻户晓。叶公是龙的"死忠粉"，到处画龙、刻龙，真龙见之非常感动，便决定现身来慰问一下他。只见它"窥头于牖，施尾于堂"，不想却把叶公吓得"失其魂魄，五色无主"，"是叶公非好龙也，好夫似龙而非龙者也"。理想很丰满，现实很骨感。说白了，吃饭香，做饭难；听歌易，唱歌难。职业就是职业，容不得半分戏谑，如果有兴趣作为支撑，即便遇到瓶颈也能卧薪尝胆，努力突破；如果连兴趣都没有一点，那可真如赶鸭子上架一筹莫展了。现实生活中，并非每个人都能有幸以兴趣为业，但生活所迫又不得不硬着头皮前行，少不了消极心态的"当一天和尚，撞一天钟"。其实不论是否以兴趣为职业，在其之上，更重要的是意义，正如我们面对孩子的成长一样，学习和游戏不过是具体的选择，而更高层次则是意义的选择。认清自己，明白人生的意义，以积极的心态像海燕一样应对狂风暴雨，才会有现实而快乐的"当一天和尚，撞一天钟"。

　　对于个人来说是"当一天和尚，撞一天钟"，对于世界来说也是。也没有太多好担心的，因为大家都在努力前行。

好男才当兵

"好铁不打钉,好男不当兵"这话没有明确的出处,却在民间广为流传不会没有道理,但显然政治不正确,也不够全面。

从人性狭隘的角度看,钉子确实不显山不露水默默无闻的,从军也随时可能面临死无葬身之地的悲惨境地,象征的都是底层百姓的劳苦命运。可从旷达的角度看,螺丝钉精神又是深值歌颂和传扬的,翻开中外史册看看,哪位英雄豪杰不是经过血雨腥风的洗礼从沙场中跋涉出来的?钉子必须有,钢铁长城更是不可或缺。

生命从来人人平等,没有谁会自愿赴死,毫无意义的牺牲不值提倡,但民族陷入危亡之际,别忘了算我一个!不敢说自己无愧于"好男"二字,但我愿为护卫家国抵死一拼。都说好男儿志在四方,无国又何来四方?国家富强才能成全好男儿的万丈理想,因而好男更要当兵!他们永远都是最可爱的人!

愿世界和平!

树挪死，人挪活

记得姥爷的村子拆迁的时候，我不舍得家门口的果树，便从一棵枣树旁边挖了一棵自发的小苗，挖的时候很小心、很仔细，生怕破坏了它的主根，挖出来后还要给它带上一点泥土，然后栽到奶奶家的菜地旁，把土踩实，用小石块给它扶正一下，再浇上点水，能做的都做了，就任它自生自灭了。时隔两年，我回去看了一下，很欣喜它居然坚持了下来，长势良好，身形挺拔，还长出了嫩芽。这是否可以作为"树挪死"的一个反例？诚然，小树小苗因尚未成形，对新环境的适应能力较强，难怪教育学者无不主张正确的三观和良好的习惯务必在孩提时代树立、养成，成年之后才想到纠错矫正为时已晚。所以，将老话改为"小树挪活，老树挪死"似乎更为准确。

谁知"树挪死，人挪活"这句老话如今却误导了不少人，尤其是一些不明就里的年轻职场人。他们对成功所需的漫长历练不屑一顾，追求短平快的职业跳板，甚至无视自身的条件和本行业的从业规律。最明显的表现就是频繁跳槽,这把椅子还没捂热,就看上那张沙发,履历写出来洋洋洒洒一长串,仔细一看在哪个单位都没有深耕,当然也就谈不上收获,真实的情况往往是越挪死得越快。

我们尝试着理顺一下跳槽的两大原因。

一般来讲,选择跳槽多是遇到了职业瓶颈,这又分为两种情况:一是目前的职业平台和自己的卓越能力已不相匹配,内部晋升空间又相对有限,那么跳到更优越的环境势在必行,非常值得鼓励,是不折不扣的"人挪活"!二是工作不顺,与领导、同事相处困难,甚至有不可调和的矛盾,这就显得非常棘手。遇到这样的情况,先不要急着逃避,分析一下问题是不是出在自己身上,比如待人接物的方式方法是否得当等。要知道,频繁跳槽带来的很可能不是满足感,而是慌乱感,处于完全陌生的环境是更糟糕的体验。

另一个跳槽的原因是为了加薪,这种考虑比较实际。我有一位朋友是211高校的副教授,各方面条件都很不错,若一直在学校深耕,不出三年就是教授了。但他还是跳到一家大型外企从事研发工作,工作习惯、生活规律被完全打乱,需要重新适应。原来是太太全职要了二胎,经济压力陡增,高薪是他被动跳槽的唯一动力,而以他的性格其实并不太适合新的环境。这样的抉择无关对错,只能祝他一切顺遂。

其实，事业带来的成就感不能完全通过年薪几何来体现，更多的是发自内心的热爱、付出之余的喜悦，通过智慧和劳动获得自身价值的体现、他人的认同，当然还有不菲的报酬。这一切加起来才是我们衡量是否值得为之一"跳"的依据。如果只为每个月多赚一点钱就另觅他处，而不是从长计议看到更远的未来，特别是能否给自己带来精神方面的愉悦，这样的跳槽是低质量的、难以为继的。

所谓"人挪活"是一门值得好好钻研的行为艺术，挪要挪得稳、准、狠，真的不是随心随遇、活蹦乱跳就能完美实现的。

/ 奇葩之名 /

我们常说"生米煮成熟饭",用来表明既成事实难以改变。可偏偏就是有世外高人要扭转乾坤,一心想搞出点大动静。

2021年4月,一篇题为《熟鸡蛋变成生鸡蛋(鸡蛋返生):孵化雏鸡的实验报告》的论文在知乎、微博等多个网络平台上引发了热议。文章称:"'鸡蛋返生',顾名思义,由熟鸡蛋再变成生鸡蛋。这是难以想象的。但是这样奇特的现象确实在某职业培训学校发生了。一群特别培训的学生,在某老师指导下,正在进行一个奇特实验,即熟鸡蛋重新变成生鸡蛋,并将返生后的生鸡蛋孵化成雏鸡,并且已经成功返生了四十多枚。"[①]

有没有大跌眼镜?论文中提到"学生运用超心理意识能量让鸡蛋返生"。此处"超心理意识"画横线,是不是伪科学暂且不论,这样的实验真的适合在学校展开吗?教书育人

---

① 参考百度百科。

应本着严谨认真的态度，用这种近乎魔幻的操作吸引流量以抬高知名度，是当事人愚蠢还是在侮辱公众的智商？这难道不是身为教育从业者的耻辱吗！

不可否认，纵使科技已发展至此，人类对自然的认知仍是相当有限，对于很多异常现象尚无法做出科学合理的解释，不然也不会一直存有诸如"世界十大未解之谜"这样的讨论。因为"未解"才充满了挑战，激发着人们探究的步伐，越走近这个世界越发现人类的渺小。渺小不是原罪，自大才是愚蠢。科学家也好，学者也罢，研究任何事物的原理都应本着尊重科学、尊重规律的谦卑态度，为了搏出位故意剑走偏锋、独树一帜，甚至披着科学的外衣歪曲事实都是不能被容忍的。

希望今后少点"鸡蛋返生""穿墙有术"这样的闹剧，如此奇葩之名不出也罢！

阿凡提,还是巴依?

"无奸不商"可以一概而论吗?

先讲一个有趣的小故事,出自小时候看的宝藏动画片《阿凡提·卖树荫》:

正午时分,骄阳似火,巴依老爷和老婆正在屋内数金币,无意中看到门前的树荫下正聚集着一群路人乘凉。利欲熏心的巴依老爷要将众人赶走,宣称大树是自己的私有财产,树荫自然也属于财产的一部分不容侵犯。众人一番恳求后,巴依老爷计上心头,决定兜售树荫,意思是乘凉可以,但要付费,说完便开始动手抢众人的东西。这时,阿凡提骑着小毛驴来到树荫下,劝巴依老爷不如将树荫卖掉赚一大笔钱,并说自己愿意买下。

巴依老爷开价十块金币,他老婆要求涨到二十块,巴依老爷索性狮子大开口提价到一袋金币。阿凡提也不含糊,买下树荫后让巴依老爷立下字据。巴依老爷正在为卖树荫的事沾沾自喜,又来到家门口,看到阿凡提一干人正在树荫里乘凉。大家告诉巴依老爷,若是踩到树荫就要付钱。此时正值午后,树荫已经延伸到门口,巴依老爷只好翻墙回了家。老婆出主意让老公索性砍掉大树一了百了,但阿凡提告诉他们若是自己的树荫因此少了哪怕一丁点就得赔钱,并提醒巴依老爷若是踩到院子里的树荫也是要付费的。事已至此,巴依老爷放下身段反过来恳求阿凡提将树荫卖回给自己。阿凡提要求他将此前强买强卖的树荫钱一笔勾销,然后以同样的价格将树荫卖回给了他。

是夜,朗月高挂,因损失一袋金币而伤心的巴依老爷被毛驴的叫声惊动,推开窗子,两头小毛驴探进头来,而阿凡提和大伙儿正在院子里载歌载舞,几个孩子一边喊着"树荫进屋喽",一边将一群小毛驴赶进屋内。巴依老爷生气地表示自己已经买回了树荫,阿凡提却说他买走的是太阳下的树荫,而此时的是月亮下的树荫。巴依老爷哑口无言,只好再次请求阿凡提将月亮下的树荫也卖给自己。阿凡提借机要求他将大家所欠的高利贷也统统一笔勾销。此时家里已被毛驴占满,无奈之下,巴依老爷只得答应了阿凡提的要求……正义毫无悬念地被伸张,取得完胜。

那么阿凡提的故事里谁是"奸商"?巴依老爷连自然现象都不放过,要折合成金钱,是奸商无疑了。那阿凡提呢?好像也投机取巧了一把,玩足了文字游戏,逼得巴依老爷不得不认栽，之前老百姓那些高利贷都一笔勾销啦！何等快哉！然后问题来了，那阿凡提算不算奸商呢？阿凡提虽然玩了文字游戏，却是和巴依老爷到衙门里先立了字据的，算是遵规守矩。法律与道德是二元并行的，阿凡提在两方面都无过失，显然不能称其为奸商。君子爱财，取之有道，只要手段合法正规，道义合情合理，营利是理所应当的。如果无法无天地劫富济贫，恐怕与奸商无异，也无道义可言了。

回到开头说的问题——无奸不商。此言差矣，只一个"奸"字就已远离道义十万八千里了。仿如习武以求护身，而非作恶一般，若说"奸"还有些许意义，那至多也只限于"防守"，若说"无明不商"似更合适一些。经济活动的最高境界是共赢，共赢的前提是双方都保持诚信。说得通俗些，就是卖家做到货真价实，买家做到实事求是，彼此少些贪婪，多些诚恳，常来常往，买卖才能做得长久，市场才会越来越繁荣。

日本企业家教父稻盛和夫曾说："正确的思维方式包括：积极向上；有建设性；有感恩心；有协调性、善于与人共事；性格开朗、对事物持肯定态度；充满善意、有同情心、关爱心；勤奋；知足；不自私、不贪欲……发挥天赋的能力，倾注全部的热情，这就是人生获得巨大成果的秘诀，这就是人生成功的王道。"深以为是。

新时代新风尚，希望巴依不再，人人都是快乐的阿凡提！

远离鬼怪

"有钱能使鬼推磨!"这句话很有画面感。这鬼想必个头不大,却阴气逼人,钱在这里变成万能钥匙,无坚不摧,恶鬼见了都得乖乖推磨。这话还有个同胞弟兄叫"重赏之下必有勇夫",长相斯文多了,却换汤不换药,还是在鼓吹金钱的巨大威力。人类对于物质的追求是朴素的,俗语说"人为钱死,鸟为食亡",追求更多的财富,实现更美好的生活无可厚非。但基本需求得到满足后,金钱和幸福显然不能画等号。

很多人都看过《鲁滨孙漂流记》,小说基于苏格兰水手塞尔柯克的真实故事而创作。序言摘要提到同时代作家理查·斯梯尔也和笛福一样对塞尔柯克的故事充满兴趣,他和塞尔柯克见了面,并把这件事写下来,发表在他主持的期刊《英国人》上。在文章的最后,斯梯尔说这个平凡人的事迹正可说明:"要求仅限于生活必需品的人是快乐的,而欲望超过这个限度,所得愈多,要求也就愈多;或用他(塞尔柯克)

的话来说，'我现在有800磅，但我永远不会像我一文不名时那么快乐了。'"

很多时候，人们会迷失于物欲横流中，而一些别有用心者则趁机利用这种心理，不以义晓之，偏以利诱之，从中渔利。殊不知他们自己正是迷途人。在他们眼中，人不再是人，而是趋利忘义的小鬼。当一个人眼中只能看见鬼的时候，想必他在别人眼中亦如行尸走肉。

南宋的李嵩画过一幅颇为诡异的画，题为《骷髅幻戏图》。中心人物是一个戴幞头、披纱袍的大骷髅席地而坐，左腿弯曲着地，左手按住左腿，右腿弓起，右肘支撑右膝，坐姿惬意。只见它右手提着一个吊线小骷髅，龇牙咧嘴似在说笑。小骷髅右脚着地，左脚抬起，上臂似在招手。小骷髅的对面为一伏地小儿，昂首伸右臂，似要伸和小骷髅握手。小儿身后为一青年妇女，双手前伸似要阻拦，面露急色。大骷髅身后亦坐一妇人，怀抱小儿正在哺乳。很多人觉得此画谐趣横生，尽显民间娱乐的祥和气氛，我则看得惊心动魄，当一个人以为自己在操纵鬼怪之际，它自己就成了鬼。幼稚小儿人鬼不分，还要与鬼为友，看得身后的母亲心急如焚。哺乳妇人面对如此可怖画面竟安之若素，似有见怪不怪麻木之意，已经习以为常了吗？如果这世间连快乐也要由鬼一手打造，也就人不如鬼了。

千万不可将幸福寄托在"鬼"的身上。真正的快乐必定是力所能及的,那些遥不可及或本就不属于我们的奢望就留给那些奋不顾身的贪心鬼吧!

挂羊头，卖狗肉

俗话说一分钱一分货，好东西必定具有核心竞争力，向来身价不俗。如果某样东西价格低到离谱，连成本都收不回来，就要提起十二分的小心了，八成是陷阱等着你跳呢！也有人说物美价廉才能让买卖做得长久，不无道理，那就要耐心地货比三家，做出理智的选择。捡漏也要捡得有理有据才好。总之，贪图便宜的后果往往是吃大亏。

最近听到杭州交通918一个有关"十八块钱一日游"的新闻，有点不吐不快。

话说六十多岁的郑大爷是一位文艺爱好者，平时人缘不错。一天，某旅游公司一位工作人员主动联系郑大爷，鼓动他组织一次一日游。

郑大爷问："一人多少钱？"

答曰："十八块钱。"

再问："十八块钱一日游？走哪些地方？"

答曰:"反正是走景区。"

一个人只要十八块钱,还提供一顿午饭,郑大爷觉得实惠到家了,于是亲自跑到小区广场通报了这则"好消息"。以杨大妈为首的一个舞蹈团十六位老人全部报名参加,每人缴纳了十八元团费。大爷大妈们做了精心的准备,换上漂亮衣服,化了美美的妆容,准备好好玩上一天。

是日一大早,大巴车出发了。大伙儿一路上欢声笑语,气氛热烈。一个多小时的车程后,到达目的地,大爷大妈们却一下子傻眼了!原来,他们被大巴车带到一处陵园——原来是推销墓地的!大家的心情一落千丈,天天跳舞锻炼就为求个好身体,却被拉到这么个地方,十八块钱确实不算多,恐怕路费都不太够,但实在感觉晦气啊!

刚听到这个新闻时,抱歉,我很不厚道地笑了。话说回来,豺狼虎豹和魑魅魍魉最爱的就是老弱病残,大爷大妈上了年纪,当属被欺诈的高危群体,一定要多加小心。都说"养儿防老",遇事先别着急做决定,可以多和儿女商量一下,有时年轻人帮着一分析,就豁然开朗了。

挂羊头卖狗肉的营生自古有之,整个社会的打击力度越来越大,警察叔叔恨不得耳提面命,自投罗网者却前仆后继,不亦乐乎——何故?不过一个"贪"字使然。时刻谨记,天下没有免费的午餐,天上掉下来的馅饼小心有毒!

喜新不厌旧

搬家收拾屋子，扔了不少东西，有些已经破烂不堪，有些品相尚可，但类似的东西太多，只好把一些质量好的或是有故事加持的留下，剩下的就忍痛扔掉了。尤其孩子的玩具，自己买的、人家送的、买东西赠的，简直堆积如山！

记得父亲小时候根本就没什么玩具，别人拿木头刻了把手枪都把他羡慕得不行。到我小时候玩具多了一些，大多是亲朋好友传承下来的，自己买的也很有限。到了儿子这一代，物质生活极大地丰富了，早就实现了"面包会有的，牛奶会有的，一切都会有的"美好愿望，还有点过犹不及。为避免儿子玩物丧志，我很早就把他的玩具统统封存起来，但他总能不知从哪又摸出几个来，还玩得挺投入，真是防不胜防！

人类天然对新鲜事物充满好奇，但有时新事物不一定就是更好的，甚至并非真正需要的，而旧物件也不是一无是处，很多无形价值在其中，不可取代。但人就是喜新厌旧的动物，物质条件成熟到一定程度,就开始不甘寂寞地炮制新玩意,有益的创新有之,也难免制造出大量的垃圾,破坏环境不说,有些还危及人类自身的心智健康。我们真的需要那么多东西吗?或言,真的需要那么多新鲜事物刺激我们生活的热情吗?

喜新厌旧不仅存在于物质世界,还肆虐于感情世界。有人见一个爱一个,被色欲蒙蔽了双目,兜兜转转到了孤家寡人的那一天也不知所要何来,发现自己才是最破败不堪的那一个,容颜倒还是其次,心灵早已千疮百孔。这类人必然是忘了责任也是感情的一部分,只享受两性关系中的那些利好,而将需要付出的部分忽略不计,终究不可能得到一份货真价实的感情。

结识新朋友很好,旧相识也是宝贵的财富;新世界异彩纷呈,看得人目不暇接,旧河山却是我们血脉的源头,毕生魂牵梦绕之地。对人对事喜新不厌旧、温故又知新,我们从人生的长度走向了人生的宽度!

酒品与人品

《水浒传》是中国四大名著之一，同样家喻户晓的是由它改编的同名电视剧以及主题曲《好汉歌》。此歌绝对算得上是刘欢老师的代表作之一，旋律带感，歌词上头，唱好却很难。其中有两句酒词，一句是"生死之交一碗酒哇"，一句是"不分贵贱一碗酒哇"，可说是紧贴鲁地的酒文化，山东首善之地在酒桌上讲究的正是好事成双。

如今，"喝酒""好汉"已联袂成为山东人的闪亮标签，走到哪里都被视为"行走的酒坛子"，一见如故也好、一言不合也罢，都要在酒中见分晓。山东人的酒量不一定是最大的，但齐鲁大地的酒文化却是天下无双的。

作为地道的山东人，我自小就被调教着喝酒。第一次喝酒是上小学的时候，已不记得是几年级了，喝了不少啤酒，吐得一塌糊涂。是的，您没看错，有些山东小朋友喝酒是得到家长默许的！而且喝吐也算不上什么大事儿，我就这么跟着长辈兄弟喝喝吐吐、吐吐喝喝一路长大，酒量没见有长进，倒是摸清了酒的脾性和酒桌的规矩，一般也能应付过去。

"酒品如人品"的说法不知是不是从"文如其人"的逻辑演化而来的。人品不是与生俱来，是靠后天不断自我修炼提高的，字也一样，需要天长日久的锤炼，因而二者具有相关性。酒品就迥然不同了，酒量这东西与人的体质息息相关，不是勤加苦练就能修成的。我喝了二三十年酒，也没能练出海量，还有对酒精过敏的，基本就和酒杯绝缘了。所以，"酒品如人品"不是"酒量如人品"，更不是"人品如酒品"，把酒量、酒品、人品混为一谈，本末倒置，完全是酒醉之举。

过去山东人劝酒很厉害，没有点酒量都不敢来山东，现在鲁地的酒品已和我们的人品一样与时俱进了，规矩尚在，但劝酒之风大不如前，能喝多少喝多少，高兴了就多喝点，不舒服就少喝点，不能喝也不再有人强求，喝酒回归了初衷，就是一种礼节的体现。

不知是不是墙里开花墙外香，山东人现在倒是不怎么劝酒了，但走出齐鲁大地，却发现有些地方劝酒比山东还厉害，蔚为奇观。

大饮伤身，小酌怡情。愿君酒量适可、人品日升！

不做活神仙

饭后一支烟,赛过活神仙。

饭后十支烟,风度又翩翩。

饭后百支烟,直推太平间。

这当然是闲聊时的插科打诨之语,但戏谑中彰显的都是实实在在的道理。

抽烟属于典型的"近朱者赤、近墨者黑",家中长辈都是烟民,我就有样学样,成年之后也开始吞云吐雾,烟瘾不大,一天抽不了几支,但就这几支却很难戒掉。所谓烟瘾,其实就是条件反射,比如说一个人一天要抽一包烟,每隔一会儿就得来上一支,但高铁飞机一坐大半天,国际航班动辄十几个小时,不抽也没见有什么痛苦表现,可但凡脱离交通工具就得点上一支,更有甚者每次停站都要下车来上两口续命,对香烟产生了严重的心理依赖。

我曾见过公益宣传片里的"黑肺",确实惊心动魄,很有戒烟的冲动，特别是有了孩子后，也想做个好榜样。怎奈身体就是不听使唤，还是时不时要摆个"二指禅"，看着青烟袅袅心情似乎顿时就平静下来。最近两年不知什么缘由，抽烟的体验越来越不好，甚至到了那种难以忍受的地步，竟在一种积极主动的情绪中和尼古丁彻底说拜拜了。摆脱了烟的困扰，生活突然轻松了很多，再也不必急着到处找火机，看不到那缕青烟内心反而更坦然了，揽镜自视感觉自己神清气爽，像是年轻了十岁！

带着隔岸观火的心情再看抽烟这回事儿，觉得它更多的是一种精神寄托。走在街头，常见有人边开车边抽烟，车烟囱冒着尾气，车窗户冒着烟气，冒尾气是因为发动机里有火，冒烟气是因为人心里有火。烟气冒得最旺的场合通常是酒桌，酒劲越大烟雾就越猛，是因为酒精点燃了大家心里的火。独自安安静静地待着，也想抽上一根，是因为心里有了无名之火。大家见面聊天，也要先点上一根，因为相互碰撞起了火。所以，一个人的火越多、火越大，烟也会抽得越多。想戒烟的话，还得先灭火，心静如水，想点也点不着。

"老烟枪"戒烟确实不是一件容易的事情，星星之火可以燎原，一旦点着形成条件反射，想戒就难了。烟的毒性有限，尚且有如此威力，何况万恶的毒品！劝君莫越雷池半步！切切！

一瓶不响，半瓶晃荡

日常生活中，常遇到一些人乐于在大庭广众之下秀一秀自己的特长，非常的自信。有人会嘲笑，有人选择无视，也有人会由衷发出赞赏。遂有"一瓶不响，半瓶晃荡"，意指充实之人谦虚寡言，浅薄之人尤爱炫耀。此话是把双刃剑，既能用来奚落哗众取宠者，却也会打击一般人的积极性。

人人都有虚荣心，难免会有自我展示的欲望。与我而言，关于这一点印象最深的有两件事。一件是小时候开拖拉机，其实也不是真的开，就是坐在停好的拖拉机驾驶位上摆弄方向盘，是那种极认真、极投入地摆弄，虽然拖拉机是静止的，但心是风驰电掣的。一位乡亲走过来，笑道："哎呀，开得这么好，是跟谁学的？"我认真地回答："是跟我姨夫学的！"内心充满了自豪感，因为自己的"驾驶技术"得到了认可。多年以后再回想那场景，感觉那位乡亲的语气中实际掺了不少的戏谑成分，当时年幼的我未能参透其中的微妙，便也视为鼓励照单全收。

另一件事是大学时代某个假期回家买了站票，杵在车厢里怪无聊的，就把随身背的吉他拿出来拨弄了几下，因为是自学的，水平马马虎虎，没人鼓励，亦无人嘲讽。没人鼓励，可能是因为那节车厢的乘客鉴赏水平有限，觉得没有点评的资格；没人嘲讽，或也说明大家都比较有涵养，即便知道弹得不怎么样，也很礼貌地保持缄默。

无疑，这两件事都属于我在"半瓶晃荡"，可仔细想想若要给这个世界制造一些声响，还真得靠这样的"半瓶子"，如果所有人都保持谨言慎行、步步为营，不把瓶子灌满绝不罢休，世间是不是就少了很多轻快偕趣的音符？诚然，天资是门玄学，绝非人人平等，那么资质平平者就不能有一显身手的机会吗？哪怕自娱自乐也是一种积极向上的生活态度啊！面对"一瓶不响者"我们自是深感敬服，而对"半瓶晃荡者"是不是也可以多点宽容、多点体谅、多点共情？毕竟大多数人都是给点阳光就灿烂的，人人都灿烂不就是一整片艳阳天了吗？

人确实应该有自知之明，也应该不断进取，如果你觉得自己这"半瓶子"晃荡得也很出彩，那就大胆地弄出动静好了，谁知道就不会遇到知音呢！

请永远相信自己！

与自然同行

回顾半生，我竟也是杀过一些生的，大多是在熊孩子时期干的，其中最恶劣的一桩是打死了一只鸡。

那天傍晚，一群小伙伴像小野狗似的在村里游荡。这时，一只鸡走进了我们的射程。我们拿起石块，对这只鸡进行围追堵截，逼得它走投无路躲进一个尚未建成的房屋里，却也走进了死胡同。"枪林弹雨"中，这不幸的家伙终于"牺牲"了。

后来我把这件事当作笑谈讲给儿子听，结果他强忍泪水怒不可遏地指责我道："爸爸是个坏蛋，居然打死了这只可怜的鸡！"我一时哑口无言，一件我眼中的趣事在孩子看来竟成了暴行，是孩子太过单纯，还是我过于残忍？可狙杀那只鸡的时候我也是个孩子啊！汗颜之余，我也生出了无尽的悔意。可鸡死不能复生，只好将之归结为年少无知的过失，更加善待当下饲喂的小鸡，也算作一种赎罪吧！

真的很抱歉，除了打死了一只鸡，我还曾射杀过一只鸟。

小时候，亲戚家里有一把气枪，男孩子天生迷恋武器，便借来玩了一下。枪身很长很重，我一个人是端不动的，就把它架在石头上，目标对准远处的一棵大槐树。树上满是叽叽喳喳的麻雀，就试着瞄准，但距离太远，麻雀又太小，根本就看不清，最后便胡乱地放了一枪。气枪的声音很小，因为距离很远，麻雀应该是听不见的，但满树的鸟儿瞬间就四散飞开了，只见一只中彩的麻雀从树上直愣愣地掉了下来，捡回来不久就死掉了。这件事我没再和儿子说，一是觉得之前那只鸡的不幸命运已让这个感性的孩子心痛欲绝了一把，不能再刺激他了；二是不能妖魔化这个好不容易建立起来的慈父形象，我可不想在孩子心中再度成为"凶手"。

脱胎换骨的我绝不会再刻意杀生了。过去还挺喜欢钓鱼的，现在已不能再看到鱼儿挣扎的样子。教学相长，必须承认，孩子对我的影响是很大的。由衷感谢他们把我从一个血债血偿、快意恩仇之人点化成了慈悲为怀、和蔼可亲的"老干部"。

孩子的天性既是善良的，也是随性的，这种天性源于自然。是他们让我们明白了人之初心、自然之本意。丛林法则是自然的体现，但又不是自然的全部，自然还有悲悯的一面，这是孩子给予成人的启示，亦是自然对人的教诲。弱肉强食的丛林逻辑不会消失，但在漫长的演化进程中，人类最终远离了丛林，走向了文明，精神世界也应该越来越趋向自然的另一面——善良。这不仅是一种选择，还是一种宿命，人类应该肩负不同于停留在丛林中的动物们的使命。

有人可能会说，不要道貌岸然，既然善良为何还要去屠宰动物，满足自己的食欲？记得有部电影里曾有一句对白，大意是"只要人类还在吃肉，就避免不了战争"。另有些人认为素食也是杀生，因为植物也是生命。照此逻辑，人类要保持彻底的善良，就得风餐露宿了，风餐露宿也得小心翼翼，否则会误食飞虫细草，绝对的善良又从何谈起？这显然是一个无解的死循环。那么，不妨换个角度思考，在咀嚼食物的时候，我们不要洋洋得意自己是食物链顶端的王者，是不是可以多一些感恩、多一分敬畏和谦卑？

现在，再带孩子投入大自然的怀抱，去引导他们接近所有友善的生灵，娇美的花、蓬勃的草、挺拔的树、自由翱翔的飞禽、热情奔放的走兽，生命无分贵贱，每一个都需要被保护、被尊重。

大自然是一位难以接近的女神，愿我们能与她为友，而不是针锋相对、分庭抗礼。

再不疯狂就老了

听过一段相声,一位说:"再不疯狂我们就老了。"另一位答:"你再不老,我们就疯了。"挺有趣的,一笑!

这句"再不疯狂就老了"很是耐人寻味,尤其"疯狂"二字值得一品。每个人都将老去,是为自然规律,无须赘言。但"疯狂"是一种心态,随时随地可能原地爆炸,无关年龄。于我而言,看到"疯狂"二字会率先想到另一句话:"别人笑我太疯癫,我笑他人看不穿。"此处的"疯癫"绝非一般意义上的神智混乱,而是一种难以被世俗所理解、接纳的洒脱不羁。此言出自明代唐寅的《桃花庵歌》,原文如下:

桃花坞里桃花庵,桃花庵里桃花仙;

桃花仙人种桃树,又摘桃花卖酒钱。

酒醒只在花前坐,酒醉还来花下眠;

半醒半醉日复日,花落花开年复年。

但愿老死花酒间,不愿鞠躬车马前;

> 车尘马足富者趣，酒盏花枝贫者缘。
> 若将富贵比贫贱，一在平地一在天；
> 若将贫贱比车马，他得驱驰我得闲。
> 别人笑我太疯癫，我笑他人看不穿；
> 不见五陵豪杰墓，无花无酒锄作田。

这洋洋洒洒的文采决然不输其精湛绝伦之画艺，字里行间既有点李白的仙气，又像极了白居易的市井白描，朗朗上口，特别上头。遂愚以为"再不疯狂就老了"中的"疯狂"当取唐伯虎口中的"疯癫"：生而为人循规蹈矩、谨言慎行了大半生，所有喜怒哀乐、爱恨情仇无不需要一个宣泄的闸口，何不敞开心胸彻头彻尾疯一次、醉一回？不用顾忌旁人的眼光，只需在意自己的感受，纯粹为内心的渴望狂野一遭。这是昔日唐寅的夙愿，也是今日我等凡夫的心声。于是，我们奔走相告，大声疾呼"再不疯狂就老了"，用一种焦躁不安的情绪妄图抓住青春的尾梢、岁月的裙角，却很少有人能真正身体力行这样的心愿。毕竟，万丈红尘中的牵绊何其多！我们为人父人母、人夫人妻、人子人女，错综复杂的身份带来了同样盘根错节的责任，很难说挥一挥衣袖就可以远走高飞，更不要提无拘无束地浪迹人间。

再不疯狂就老了？老了，就老了吧，谁不是走着走着就一生一世、地老天荒了？

云深是此山，问复几回环？

起落当如我，归霞似旦烟。

写给猫

母亲喜欢猫，山里的野猫来到我家，她会给它们好吃的，有的就不走了，所以家里前前后后养过好几只猫。

猫是一种很孤高的动物，不像狗那样粘人，给人一种不苟言笑的感觉。它的眼珠因色泽不同，会投射出迥异的光彩，往往深不可测。狗的眼神就特别直白，瞅上一眼就知根知底了。猫很爱干净，没事的时候就用舌头清理毛发，因而不管有没有主人，它们总是保持神清气爽的形象，不像流浪狗邋邋遢遢脏兮兮的，一脸落魄相。

猫是内敛的，沉稳老练，一本正经，你向它释放好意，它会轻描淡写地打上两声招呼，喜欢你的话，就会用身体来蹭蹭你，绝不会像狗子那样天真烂漫，大大咧咧，见了主人能兴奋地原地爆炸。

猫是优雅的，很享受爱抚的惬意，会发出呼噜呼噜的声音，那意思是在鼓励你"很好，请继续"。你很难想象一只猫会摇头摆尾地讨好主人。

猫是挑剔的，尤其家养猫，会有情有独钟的食物，绝不滥食。它们有自己的原则：不介意嗟来之食，但绝不饥不择食。

猫是神秘的，阳光晴好，它会静静眯上眼睛，安逸得像一尊卧佛；夜幕降临，它会锦衣夜行，谁也不知它的去向，看家护院这样的苦差事还是留给无私奉献的狗子吧！猫要为自己活过！

当然，猫也有"劣迹"。都说世上没有不偷腥的猫，但你没把腥物妥善保存好，让猫找到了，那就不是"偷"，就像孔乙己说的，那是"窃"——一字之差，天壤之别！我很少见到翻箱倒柜偷东西吃的猫。它们只对力所能及的美味充满斗志，给鸡拜年这样的事情猫可干不出来。

猫狗在我家过得都不比人差。我那只腊肠小狗回到老家不久就胖得圆滚滚的，和之前在我家饿得啃墙皮比简直就是判若两狗。母亲甚至抱怨父亲对它比对她都体贴。如今，腊肠小狗早已往生，是被车撞死的，当时父亲好不伤心，此后便不再养狗。我家的猫也是来一只、去一只，每只都是在马路上被车撞死的。不知猫是不是真有九条命，但只要一上马路，往往就一命呜呼。每次跑高速，路上总会遇到几只惨死的猫。人类的马路就是猫的死路。如今老家的野猫好像少了，不知是不是被车撞死得太多。

除了死亡公路,猫儿还要面对一条凶险的地狱之路,那就是虐猫者的暴行。不知出于何种变态心理,他们的手段极其残忍,令人发指。这些家伙是不是受了魔鬼的蛊惑?是否还能回到心灵的故乡?抑或他们已在歧路上迷失了很久,就像流浪猫一样?

但愿天下的猫儿都能各得其所,即便流浪,也是一只骄傲的猫儿!

女人在哪，家就在哪：听《树枝孤鸟》有感

心爱的再会啦！

海上的，船螺声已经响起。

对你犹原情绵绵，今日要来离开。

心爱的，不甘看你珠泪滴。

我不在的日子，你要保重自己。

异乡啊！总有坎坷路要行。

我袂寂寞，有你在我的心肝。

男子啊！立志他乡为生活。

和你团圆，在我成功的时。

最后的，船螺声又再响起。

犹原不甘来离开。

手牵着心爱的，再会啦！

异乡啊，总有坎坷路要行。

我袂寂寞，有你在我的心肝。

男子啊,立志他乡为生活。

和你团圆,在我成功的时!

最后的,船螺声又再响起。

犹原不甘来离开。

手牵着心爱的!再会啦!

可怜之人不必可恨

这句"可怜之人必有可恨之处"曾困惑了我很长时间,听上去似乎挺有道理,但又觉得哪里不太对,百思不得其解。有一年去辽宁凌源出差路经秦皇岛,其间偶然遇到的一件事让我对此恍然大悟。

那天公干结束为赶上回济南的火车,甲方特意安排司机送我去秦皇岛站。凌源至秦皇岛一带处于燕山山脉,一路都在崇山峻岭中穿梭,风景独好。傍晚时分到达秦皇岛站,谢过司机后,我匆匆走向售票厅,突然听到不远处有激烈的争吵之声。循声望去,是两个保洁员发生了争执,正吵得不亦乐乎。走近一看是一男一女两个老人,说的是本地话,语速很快,完全搞不清吵的是什么。这热火朝天的场景让我莫名想起儿时的一个童谣:

星期天的早晨白茫茫，

拾破烂的老头儿排成行，

风一吹，

纸一飞，

老头儿老婆儿赶快追，

追不上，

打了仗，

老头儿拿起了金箍棒，

老婆儿拿起了擀面杖，

老头儿一使劲儿，

老婆儿断了气儿。

童谣的词儿看似戏谑，其实挺悲惨的，几近刻画了底层人生的荒凉。同是天涯沦落人，却不见惺惺相惜，仍为蝇头小利争得你死我活，令人不胜唏嘘。眼前这对老人的口角竟完美再现了童谣中凄凉之味。他们争执的焦点已不重要，人生的底层已无输赢之分，他们争的怕就是一口气吧，一口微薄的志气、一口残破的底气！

可怜之人必有可恨之处？不妨将"可恨"二字去掉，何止可怜之人，人人都有可恨之处，大可不必放大可怜人的瑕疵，我们能做到不落井下石，就已是仁慈。与其站在道德的制高点指手画脚，不如慈悲为怀，多一分宽容和关切，世界一定会变得更美好！

吃亏是福

母亲爱我,我爱母亲,母子情深本不是什么稀奇事,人之常情。上了大学后,我就算离家独立生活了。对此,母亲百感交集,既欣慰又不舍。我永远无法忘记她坐在我床前泪流满面的样子,苦口婆心地反复叮嘱我:"要对自己好一点。"言外之意,人不为己天诛地灭,自私是人性,农夫与蛇的故事每天都在上演。我明白母亲是怕我吃亏,可如果人人一心为己,她又怎会爱我胜过爱自己?我想反驳,却欲言又止,她也一把年纪了,姑且就统统应承下来,免得她多虑。

自私固然是人性,却不是全部。其实,一个人怀揣的爱越多,能够做出的牺牲也越多。这就是为什么那么多革命先辈能够抛头颅洒热血,舍小家为大家,因为他们怀揣着大爱。且看这首《就义诗》:

> 砍头不要紧,只要主义真。
>
> 杀了夏明翰,还有后来人。

想必大家对夏明翰的这首诗都不陌生。就义前,他在狱中忍着剧痛分别给母亲、妻子、大姐写了三封信。

给母亲的遗书:你用慈母的心抚育了我的童年,你用优秀古典诗词开拓了我的心田。爷爷骂我、关我,反动派又将我百般煎熬。亲爱的妈妈,你和他们从来是格格不入的。你只教儿为民除害、为国除奸,在我和弟弟妹妹投身革命的关键时刻,你给了我们精神上的关心、物质上的支持。亲爱的妈妈,别难过,别呜咽,别让子规啼血蒙了眼,别用泪水送儿离人间。儿女不见妈妈两鬓白,但相信你会看到我们举过的红旗飘扬在祖国的蓝天!

给夫人的遗书:亲爱的夫人均,同志们曾说世上唯有家均好,今日里才觉得你是巾帼贤。我一生无愁无泪无私念,你切莫悲悲凄凄泪涟涟。张望眼,这人世,几家夫妻偕老有百年?抛头颅,洒热血,明翰早已视等闲。"各取所需"终有日,革命事业代代传。红珠留着相思念,赤云(指女儿夏芸)孤苦望成全!坚持革命继吾志,誓将真理传人寰!

给大姐的遗书:大姐为我坐牢监,外甥为我受株连。我们没有罪,我们要斗争。人该怎样做,路该怎样走,要有正确答案。我一生无憾事,认定了共产主义这个为人类解放造幸福的真理,就刀山敢上,火海敢闯,甘愿抛头颅,洒热血!

若非千千万万怀有大仁大爱的夏明翰,吾辈怎有今日太平盛世？我从不鼓励做无谓的牺牲，但覆巢之下无完卵，特殊的历史时期有特殊的社会环境，人有家庭责任，也有社会责任。确实也有不少自私自利者，他们薄情寡义，只为私欲疯狂，到头来只会变成举目无亲的孤魂野鬼。所谓"丈夫贵兼济，岂独善一身"，生而为人总要留下一丝存在的价值，即便做不到抛头颅洒热血，尚能做到舍小惠存大体吧！助人为乐其实是最朴素的价值观，予人玫瑰手留余香，这香亦是人性中的闪光点。

我想母亲忘了另一句老话——吃亏是福！下次再见，就这么告诉她！

/ 跪着做皇帝 /

史上有这么一位名人,其母叫"有奶便是娘",其父叫"认贼作父"。前者出自郭沫若的《从典型说起》,原话是:"大家都在争夺出版处,'有奶便是娘',于是便生出了在文化强盗颐使下从事文化运动的滑稽现象。这种滑稽和所谓'官民合办'其实是鲁卫之政。"不知是否是因为"鲁卫之政"之类不那么好理解,人们就剥壳去皮、断章取义,单单拎出通俗的"有奶便是娘"五字大加引申、演绎。后者比较好理解,"认贼作父"就是字面意思,出自清代华伟生的传奇剧本,讲述了徐锡麟刺杀恩铭事件。上梁不正下梁歪,有如此不堪的"双亲",此人的品性、结局也就不难猜度了。没错,说的正是五代十国后晋的"儿皇帝"石敬瑭。

唐明宗时期,朝廷有两员大将,一个是皇子李从珂,一个是驸马石敬瑭,亦即河东节度使。两人都骁勇善战,但又互不服气。李从珂继位后,两人终于走向分崩离析。

李从珂派兵攻打石敬瑭所在的晋阳城。石敬瑭寡不敌众，晋阳危在旦夕。谋士桑维翰出了个馊主意，不妨向契丹人讨救兵。当时耶律阿保机已故，其子耶律德光接替了王位。桑维翰便帮石敬瑭起草了一封求救信给耶律德光，表示愿拜契丹国主为父，并且承诺在打退唐军后，将雁门关以北的燕云十六州①献给契丹。此事遭到众部将的强烈反对。大将刘知远怒道："向契丹求救，称臣的话还说得过去，拜其为父未免过分。再说，许给他们一些金银财宝尚不要紧，绝不能割让土地！"鼠目寸光的石敬瑭一心只想保住自己的蝇头小利，哪儿听得进去逆耳忠言，火速派桑维翰带着这些卖国条件去向耶律德光献媚。

耶律德光本想向南扩张土地，听到石敬瑭提出这样优厚的条件，不禁喜出望外，立刻派出五万精锐骑兵去解救晋阳。石敬瑭又从晋阳城内出兵夹击，将唐军打得落花流水。

契丹人如约来到晋阳，石敬瑭亲自出城迎接，卑躬屈膝地拜比自己小十岁的耶律德光为父，还对契丹军队的作战能力大加赞赏，捧得耶律德光心花怒放。

经过一番观察，耶律德光觉得石敬瑭的确是死心塌地地投靠他，便表示："我奔波三千里来救你们，总算有个收获。

---

① 又称"幽云十六州"，指幽州、云州等十六个州，都在今河北、山西两省北部。

见你外貌气度不凡,够得上做个中原主人,就封你做皇帝吧!"石敬瑭内心窃喜不已,表面上还假惺惺地推辞了一番,经部下再三劝说,就半推半就地接受了。于是,契丹官方正式宣布石敬瑭为帝。称帝后,石敬瑭立刻履约,将燕云十六州割让给契丹。

后来,石敬瑭凭借契丹的支持,带兵南下攻打洛阳。唐末帝李从珂接连吃了几次败仗,锐气尽失,消沉不已,整日借酒消愁坐以待毙。石敬瑭的部队尚未攻进洛阳城,唐末帝的心态已然崩塌,在宫内点起一把火举家自焚了。

攻下洛阳,后唐灭亡,石敬瑭正式做起了中原的皇帝,国号晋,建都汴,是为后晋高祖。石敬瑭为此感恩戴德,向契丹上表,称耶律德光为"父皇帝",自称"儿皇帝",除每年向契丹进贡帛三十万匹外,逢年过节还派使者向契丹国主、太后、贵族、大臣送礼。契丹人更是气焰嚣张,稍有不满就派人责备石敬瑭,石敬瑭总是恭恭敬敬赔礼请罪。晋使出使契丹,契丹官员则颐指气使,难免说出许多带有侮辱性的话语。使者受辱回到汴京,便将此事遍传,朝廷上下都觉脸上无光,只有石敬瑭一人满不在乎。

抱紧了契丹的大腿,石敬瑭做了七年可耻的儿皇帝,到底病死了。侄儿石重贵即位,是为晋出帝。晋出帝向契丹国主上奏章的时候,自称孙儿,而不称臣。耶律德光认为这是对他的不敬,遂带兵进犯。

契丹先后两次进犯中原,在晋朝军民的奋力抵抗下,均遭到惨重失败。可惜由于汉奸的出卖,契丹兵打进汴京,晋出帝当了俘虏,被押送至契丹,后晋就此灭亡。

公元947年,耶律德光进入汴京,自称大辽皇帝,改国号辽。京城百姓听到辽兵进城,纷纷逃难。耶律德光登上城楼,使人以汉语宣称:"各位莫怕,我本来并不想来,是汉人引我们进来的。我必定会让你们的生活过得更好。"谁知他说一套做一套,纵容辽兵以牧马为名到处劫抢财物,是为"打草谷",致使汴京、洛阳附近几百里的地方成了荒无人烟的"白地"。此后,他又命令晋国官员搜刮钱帛,不论官员百姓,都要献出钱帛"劳军"。

中原百姓不堪其扰,纷纷组织义军反抗辽兵,少则几千、多则几万。他们攻打州县,杀死辽国派出的官员。东部的起义军声势浩大,一举攻下三州。耶律德光有点惶恐,跟左右侍从说道:"没想到中原人这么不好对付啊!"不久,他又召集晋朝官员告知:"天气渐热,此处不宜长久居住,我要回上国去探望太后。"自此,辽兵被迫撤离中原。但被石敬瑭割让的燕云十六州仍被契丹占领,成为后来他们进攻中原的基地，亦改变了中原王朝随后几百年的命运。直至明代，燕云十六州才又重新归入中原的版图。

中国历史人物中一直跪着的人不多，这小儿子石敬瑭算是其中的佼佼者啦！

孝与不孝

太姥爷在世时曾跟我说,他最羡慕的就是谁谁谁睡了一觉就再没醒过来,一点罪都没遭。他本人活到九十多,却未曾实现这个梦想。人生的最后阶段,他和姥爷一样躺在床上动弹不得。其实他们尚算幸运,毕竟都得了高寿,还有很多不幸者年纪轻轻就卧床不起,着实令人唏嘘。但是摊上了也没办法,只好一家人齐力去承受这份磨难。

照顾老人和照顾孩子迥然不同,幼儿带起来固然辛苦,但看着他们一天一天茁壮成长,会让人感到快乐、欣慰、充满希望。可老人呢,走的是下坡路,生活不能自理,既交流困难,又难于打理。姥爷行动不便后主要由几个女儿、女婿轮流照顾,确实非常辛苦。常听母亲说大家如何如何抱怨、诉苦,"久病床前无孝子"也就不难理解了。可抱怨归抱怨,谁也没把姥爷扔到大街上,都在困难中选择了坚持,尽到了赡养的义务,不知不觉中也做到了"久病床前现孝子"。

我常在小区看到很多耄耋老人都有专人陪护，一看就不是亲生儿女，多是专职保姆。起初我会觉得有点心塞，细想后也不难理解，他们的儿女此际想来也都是人到中年或年纪更大一些，既有工作要忙碌，也有孩子要抚养，分身乏术在所难免，有能力又愿意出钱雇人照顾老人也是用心良苦，尽到了为人儿女的义务。

养老难其实是全球性的问题。在一些发达国家，专业的养老机构较为成熟，加之文化的影响，孩子成年后往往就开始独立生活，父母基本没有养儿防老的观念，都是在适龄时进入养老机构，独自面对晚景的种种。父母对子女只有监护和照顾的职责，并且会充分尊重孩子的思想，教导他们要为自己的选择负责，待到子女成年后，父母几乎完全退出他们的生活。其实，国人也有类似的思想："儿孙自有儿孙福"说的就是对孩子放手，并寄予了美好的期望和祝福；"金窝银窝不如自己的狗窝"就是一种不依不靠、独立自主精神的体现。

西方人似乎更洒脱一些，他们不会为孩子倾注所有，也会重视个人的生活。在他们看来，伴侣才是真正与自己携手终老的那一个，所以结婚誓言里会写："从今天开始相互拥有、相互扶持，无论顺境或是逆境、富裕或贫穷、疾病或健康都彼此相爱、珍惜，直到死亡才能将我们分开。"孩子是爱的结晶，会带着夫妻二人的基因延续新的人生，并且绝对是另一个人生，一个不会有父母参与的人生。可面对孤苦伶仃的晚境生活，西方人也难免会陷入"老无所依"的沉思之中。

东西方思想和家庭观念有所不同，国人更看重"团圆"，不论如何一家人都要在一起，"有钱没钱回家过年""一辈子不容易，就图个团团圆圆"。抛开古时重礼的孝道不谈，当代中国父母为了孩子的未来几乎是倾尽所有、无怨无悔，难免对子女日后的反哺和孝爱给予了一定的厚望。因此，即便子女找来专业人士照顾自己，年迈的父母心中未免不感到些许失落，可当子女真的做到"久病床前有孝子"，他们又会于心不忍，"孝"与"不孝"让人倍感纠结。

我想这恐怕就是爱与孝吧！当我们为如何养老陷入沉思的时候，当我们苦苦寻找以何种方式能让老人和病人更幸福的时候，当我们在孝与不孝的纠结中精心调整度的天平的时候，爱已不知不觉在我们心中荡漾了很久。仔细想想，能团团圆圆当然是首选，可共享天伦之乐的时间能有多久呢？能守住自己的"狗窝"固然自在，可"狗窝"真的不如"金窝银窝"吗？爱会让一家人的心永远守候在一起，爱才是人类最温暖的窝。不论如何养老、在哪养老，不论如何面对病痛和不幸，爱和孝都已远远跑在了前头，"为人民服务"的阳光也在不断照进养老的领域。车到山前必有路，有爱就会有良方，有爱就会有幸福。与其在心中揣着石头,不如趁春光大好,一起到湖边打打水漂。人生苦短,苦短苦短,短的是苦,久的是乐,别让乌云遮住了太阳。

巧养儿女，澹养自己

一次女儿调皮，犯了些错误，但只被我委婉地批评了一下。一旁的儿子看到了不服："这要是我，爸爸以前早就开揍了！"对此，我无言以对，只好强词夺理道："有句话说'穷养儿子，富养女儿'，男孩女孩的教育方式不同，男孩子坚强，就是要多承受一些，女孩子嘛娇弱，难免要多疼爱一些。"儿子似懂非懂，但也点头称是。这事儿就算是这么糊弄过去了。

手心手背都是肉，我自知上述理由站不住脚，但又不能就此道歉，担心会有损自己的权威，形成权力真空，很有可能造成更坏的影响。只能在儿子尚处懵懂之际，暂用瞒天过海之计先安抚一下他幽怨的小情绪，待日后再慢慢去做一些修复工作。

《孙子兵法》有言："百战百胜，非善之善也；不战而屈人之兵，善之善者也。"和孩子共处，不能完全被他们牵着鼻子走，斗智斗勇是常态，若能做到不战而屈人之兵，不废一兵一卒取胜，才是上策。穷养也好，富养也罢，陪伴和倾听都是少不了的，尝试和他们做无话不谈的知心朋友，健康坚实的亲子关系一旦建立，此后的教诲引导便事半功倍，即便青春期来袭也能见招拆招，稳坐钓鱼台。

巧养儿女，就是滋养自己。

· 剑鞘诗书绋

/ 致 Jungle/

你是我成长的摇篮,

也是我出航的港湾。

你是我最好的师傅,

也是我最棒的朋友。

我经常到你那走走,

也时常去你那游游。

你是最大的快乐,

在童话中欢蹦乱跳。

你是莫大的悲哀,

于现实中生吞活剥。

你在黑暗中畏惧,

你在畏惧中沉沦。

Jungle,

如何把你抛在身后?

让我点亮夜空,

让你不再恐慌。

让我铸就永恒,

让你不再惆怅。

待我完成这使命,

就一定来陪你,

化作云烟和泥土,

变为树木和溪流。

让我看你嬉闹,

让我陪你哭嚎。

让星空见证这友谊,

让日月赐予你祝福。

让我们一起成为奇迹,

奇迹也不足以倾诉。

/ 相见不如怀念 /

你还是否是你?

我已不再是我。

昨天之我不是我,

明天之我又是谁?

今天是我不是我?

有我无我难为我。

如果你还记得,

翻开夜空星座,

或许仅为秋凉,

偶有流星划过。

有缘还能相逢,

不知要几千年?

相逢可能相见?

相见不如怀念。

/ 聊聊书法 /

　　古有君子六艺，礼、乐、射、御、书、数；后有雅人四好，琴、棋、书、画。后来，礼、乐、射、御、数都已幻化，唯"书"源远流长，因为书是文化传播、传承最重要的载体，书法则是自书中演绎出的精灵般的存在。琴棋书画中，我偏爱书法，它伴随我的时间亦最长，余者虽也喜欢，但因天赋有限，都是浅尝辄止，仅限于鉴赏。

　　最初接触书法是小学期间，第一堂书法课是临摹字帖，当时就很喜欢，下课了我还在描。老师过来看了一下，说："嗯，写得很好，但是太慢啦！"年少往事多已淡忘，但这堂课却令我记忆犹新，或许是因为我和书法一见钟情吧！

　　彼时农村条件有限，也没有拜师学艺或参加辅导班的意识，虽然喜欢写，也是仅凭爱好，三天打鱼两天晒网有一搭没一搭的，时不时会买本字帖，经常换换笔，但因为缺乏专业指导，写得很差。即便如此，我也没有放弃书法。走在路上总会看看手写的牌匾，遇到出彩的作品还会驻足欣赏片刻，最大的梦想就是能亲手写一幅漂亮的春联。记事以来，每年春节父亲都会带着我庄重且仔细地张贴对联，特有仪式感。成年以后，年味渐渐淡了，但是只要鞭炮一响、对联一贴，过年的感觉还是在。后来有条件了，也没去学，一来时间有限，二来不想花钱。近些年网络资源越来越丰富，只要有心学，总能有所进益。

书法之美在于字体各异，各有各妙。书法艺术博大精深，从笔法、字法和章法的角度说，笔法乃技巧，字法如战术，章法是战略。不懂技巧，难言战术；不懂战术，难言战略；战略不演，战术徒劳；不顾战术，攻技无益。谈几点体会吧！比如常说的"横平竖直"，一般可以理解为横不可太直，竖不可不直；横太直则僵，竖不直则倒。再注意一下"点"。点通常不大，容易被忽略，其实讲究很多。点若写不好，字会缺乏生气，写好了往往起到画龙点睛之效。

可为什么有些看起来明明横七竖八的字体也能称之为作品呢？乱写和写乱不同，乱写是糟粕，写乱是功夫。乱亦有乱法，关键是章法，哪怕单字的间架结构不合理，但整合起来却有吞云吐雾之势。说到章法，可在心中构建平行且等距的三条线，两侧为字的边界线，中间为"中心线"，不论竖向抑或横向，初步让每个字都达界而不越界，即字与字之间要大小一致、整齐划一，同时每个字的"中心线"都要落在中间线上，仿佛一串串竖放或横置的糖葫芦。

如今潜心研究书法的人很少，看看身边还有几个人愿意动笔写字？都是仅仅用签字笔吧！字如其人的道理大家好像都忘了。所幸，书法是国粹，远未到濒危的境地，教育部也在积极推动将书法纳入中考。我倒觉得大可不必忧心忡忡，只要春联还在，书法就会永生。现在或许正是学习书法的最好时代。我家有一缸小鱼，几年都没有新鱼了，便想引进几条，一引不得了，原来的四五十条日毙数条，待我找到症结下药后，只存活下来七八条，后来这七八条历尽磨难、考验，又开始繁衍后代了。如今的书法家就像那缸小鱼，剩下的大多是精华，除了天赋使然，必定也是发自内心地热爱。如果你也喜欢书法，就去报个学习班吧！专业人士的指导往往举重若轻，或许只要轻轻点拨，我们就开窍了！

愿大家都能写出一手好字，字如其人，其人如字，人字皆美！

/ 读读诗歌 /

"万般皆下品,唯有读书高"出自《神童诗》,相传最初为宋代汪洙所作,后经历代编补修订,增入隋唐乃至南北朝时期的诗歌。封建时代,这句话还是有些积极意义的,放在当下显然就有局限性了。

据统计,民国时期我国国民的文盲率一般认为是80%,而新中国成立之初百废待兴之时,政府就一步到位让义务教育的年限达到发达国家的教育水平,很有魄力。想必这也是人民为何能重新站起来的原因之一。

话不必多讲,恐怕很多人还没读过这首《神童诗》,索性抄录如下共赏。俗话说"熟读唐诗三百首,不会作诗也会绉"。没事读读诗、写写字,也是很惬意的!

神童诗

天子重英豪，文章教尔曹。

万般皆下品，唯有读书高。

少小须勤学，文章可立身。

满朝朱紫贵，尽是读书人。

学向勤中得，萤窗万卷书。

三冬今足用，谁笑腹空虚？

自小多才学，平生志气高。

别人怀宝剑，我有笔如刀。

朝为田舍郎，暮登天子堂。

将相本无种，男儿当自强。

学乃身之宝，儒为席上珍。

君看为宰相，必用读书人。

莫道儒冠误，诗书不负人。

达而相天下，穷亦善其身。

遗子满籝金，何如教一经。

姓名书锦轴，朱紫佐朝廷。

古有千文义，须知后学通。

圣贤俱间出，以此发蒙童。

神童衫子短，袖大惹春风。

未去朝天子，先来谒相公。

年纪虽然小,文章日渐多。
待看十五六,一举便登科。
大比因自举,乡书以类升。
名题仙桂籍,天府快先登。
喜中青钱选,才高压俊英。
萤窗新脱迹,雁塔淡书名。
年少初登第,皇都得意回。
禹门三汲浪,平地一声雷。
一举登科日,双亲未老时。
锦衣归故里,端的是男儿。
玉殿传金榜,君恩赐状头。
英雄三百辈,随我步瀛洲。
慷慨丈夫志,生当忠孝门。
为官须作相,及第必争先。
宫殿岧峣耸,街衢竞物华。
风云今际会,千古帝王家。
日月光天德,山河壮帝居。
太平无以报,愿上万年书。
久旱逢甘雨,他乡遇故知。
洞房花烛夜,金榜题名时。
土脉阳和动,韶华满眼新。

一枝梅破腊，万象渐回春。
柳色侵衣绿，桃花映酒红。
长安游冶子，日日醉春风。
数点雨余雨，一番寒食寒。
杜鹃花发处，血泪染成丹。
春到清明好，晴天锦绣纹。
年年当此节，底事雨纷纷？
风阁黄昏后，开轩纳晚凉。
月华当户白，何处芰荷香？
一雨初收霁，金风特送凉。
书窗应自爽，灯火夜偏长。
庭下陈瓜果，云端望彩车。
争如郝隆子，只晒腹中书。
九日龙山饮，黄花笑逐臣。
醉看风落帽，舞爱月留人。
昨日登高罢，今朝再举觞。
菊花何太苦，遭此两重阳。
北帝方行令，天晴爱日和。
农工新筑土，共庆纳嘉禾。
帘外三竿日，新添一线长。
登台观气象，云物喜呈祥。

冬去更筹尽,春随斗柄回。
寒暄一夜隔,客鬓两年催。
解落三秋叶,能开二月花。
过江千尺浪,入竹万竿斜。
人在艳阳中,桃花映面红。
年年二三月,底事笑春风?
院落沉沉晓,花开白雪香。
一枝轻带雨,泪湿贵妃妆。
枝缀霜葩白,无言笑晓风。
清芳谁是侣?色间小桃红。
倾国姿容别,多开富贵家。
临轩一赏后,轻薄万千花。
墙角一枝梅,凌寒独自开。
遥知不是雪,唯有暗香来。
柯干如金石,心坚耐岁寒。
平生谁结友?宜共竹松看。
居可无君子?交情耐岁寒。
春风频动处,日日报平安。
春水满泗泽,夏云多奇峰。
秋月扬明辉,冬岭秀孤松。
诗酒琴棋客,风花雪月天。

有名闲富贵，无事散神仙。
道院迎仙客，书堂隐相儒。
庭栽栖凤竹，池养化龙鱼。
春游芳草地，夏赏绿荷池。
秋饮黄花酒，冬吟白雪诗。

初遇三明

三明市深藏福建中部，连接西北隅，一如其名，是一个清清明明的所在。

工作这么多年，走过很多地方，此番来到三明感觉很好，随处可见华棕、竹柏、盆架子、天竺桂、香樟树、榕树等植被，最美便是羊蹄甲，满树都开着艳丽的花朵，热情似火。这里是典型的亚热带气候，非常值得北人来此一游。

昨夜，主人以鲜笋美酒盛情款待，禁不住小酌一杯。山东人出门在外千万别吹嘘自己善饮，三明老总五岁就能喝上一斤，绝对是刘伶转世，举起杯来当仁不让。时代进步了，近年各地的酒风大有改观，鲁人也大多不劝酒了，秉持"好客山东，酒到为止"，也不对"好汉"的标签过度迷恋了，很有些君子气度。倒是鲁地以外的很多地方都开启了豪饮模式，让我这个地道山东人甚感汗颜。

席间也没好好尝上一口厦门咸干饭，却偶遇了永春香醋。

本人酒量羞涩,却好品醋,真是好醋,口感温和又酸爽到位,属于此行的意外收获。

一夜无梦,翌日下午登河东麒麟山,远眺崇山峻岭,遥望高楼沙溪,心潮起伏,和诗一首,与君共乐:

登三明麒麟山

远望沙溪拱手问,蓝天可有海之深?

禅钟不语垂檐下,巷犬浮腾驾影云。

/ 忙里思闲 /

想回到故乡,

开个书店,

就在海边。

赚很少的钱,

有很多时间。

有亲情,有爱情,

有一块小菜田。

日出而作,

日落看星空无垠。

我听见母亲的笑声,

我看见父亲的笑脸。

我在书店弹奏吉他,

没有复杂的旋律,

像月下的蟋蟀一样自信。

卫国自有勇士，

兴国早已成真，

我本沧海一粟，

还是那个少年。

不再彷徨，

不再迷惘，

我天天和他们见面，

碧波荡漾的海，

白云朵朵的天。

/ 我的小学 /

我的小学坐落在老家村北的山坡上，背靠高山，面朝大海。它形如一组梯田，一共五阶。和梯田有所不同的是，从第三阶开始有三面围墙，分别朝东、西、南三个方向，布局和村子的布局相似，因为整个村子也坐落在山坡上，三面环山，南临海湾，山海之间则以一道高崖为界。随坡就势，有几条山涧小溪汇入大海，有的还在高崖之处形成小瀑布。夏天，孩子们到海里游泳，小瀑布便成了归家前的天然大淋浴。小瀑布所在的位置早已建起码头，而我的小学也在荒弃了二十余年后，被永远地填埋了。虽还有一些它的照片，却都不是完整的样子。随着年龄增长，记性越来越差，我要抢在耄耋之前把那些美好的回忆统统留下来，让它永远活在我的心田。

第一阶是一个不规则的三角形土操场。面积不大，足球是踢不了的，篮球也没有，但那里就是我们曾经的欢乐场，丢手绢、老鹰捉小鸡、跑电圈、碰拐、打雪仗……每次故地重游，我仿佛都能听见童年的欢声笑语。六一儿童节的时候，学校还会在这里举办篝火晚会，乡亲们都会来捧场。那时我可是晚会中的小明星，拿手好戏就是高歌一曲《春天在哪里》。如今我只能想起"春天在哪里"这一句歌词，但乡亲们的喝彩声却永远回荡在空中。

第二阶栽着一排小柏树。这里曾是一块狭长的空地，栽树前我们经常在此处丢沙包、跳绳、跳格子。那些小柏树是我们那届学生亲手栽的，几个人一组，每组栽一棵。记得我和几个女生分到一组，她们的动手能力实在不敢恭维，看着就让人着急，最后还是由我"一铲定音"完成了栽种任务。

第三阶的南侧栽着大柏树。这层被阶梯分为两个区域，东区有一个长长的手摇钢龙舟和一间厕所；西区设有滑梯、秋千各一，全是钢制的。龙舟很好玩，可以多人坐上去摇，可能因为太好玩，很早就被玩坏了。我就曾因把大家摇得坐了"土飞机"而接受过严厉的批评。西区的滑梯倒是坚持到底了，整个构架是用钢管焊起来的，造的时候必定花费了不少心思，外形很好看，像一个海螺，时间久了难免锈迹斑斑，但大理石做的滑面却没生锈，依然光洁如新。送走最后一批学生后，它独自留守的样子让人看了既怀念又唏嘘。有时返乡，我会特意去看看它，再爬上去滑一下——都是老朋友了，也不需要太多寒暄。

第四阶是一字排开的石头房子教室和一间小草房，教室前是一个栽着柏树和月季的小院子，下课的时候，我们常从院里直接跳到三阶去玩，三、四阶之间的高差大约有一人高，可在我心里，那仿佛就是一个悬崖，上面刻满了男孩子们的勇气。学校不大，没几间教室，人也不多，一个年级就十个人左右，却配了双卫，第五阶就是处于一角独立搭建的小厕所。教室里是没有天花板的，抬头往上看，除了支撑屋面的三角框架、一个灯泡和草帘覆盖的斜顶之外，就是插满草帘间大大小小的纸火箭。荒废的教室黑板上还写着最后一课的讲义，门口趴着几丛爬山虎，墙角则站着几丛"蹲倒驴"（一种植物），这些"留级生"虽然学得慢了点，却如此耐得住寂寞，不禁令我肃然起敬。

第五阶的厕所荒弃得更早一些，其墙壁还未倒塌，屋顶却已破烂不堪，有一些紫扁豆爬到上面，花开的时候竟也别有一番风景。第四阶的小草房也空空荡荡了，那里曾装满了煤和松果子。松果子是每年秋天同学们勤工俭学的劳动果实。彼时，全校师生会进到山里，爬到树上，用一整天的时间进行冬储，还不够的话，家长就带着孩子周末再去山里摘。有了充足的贮备，冬天就不怕冷了，每个教室都会生一个小火炉子，由每天的值日生负责炉子的运行工作。我很喜欢生炉子，把炉火生得旺旺的，可以烤地瓜、馒头、小鱼——多么美好而难忘的烧烤呀！可能是因为炉子不够大，下大雪的时候屋内还挺冷的，我永远不会忘记那幅景象：母亲给我穿上棉猴儿，在封门大雪中顶着凛冽的寒风，踩着深深的积雪，背着尚在上幼儿园的我下山回家……

这所"梯田学校"当时只有五六名老师，水平却都不低，每人不仅同时教好几门课，还要教好几个年级。除了幼儿园，学校共有四个年级，幼儿园占用一间教室，小学占用两间，每两个年级共用一间。教室里的设施很简易，都是木制手工桌椅，最高级的物件就是幼儿园的一架老钢琴了。学校废弃之后，它们就变成了废柴，有乡亲不舍，便从中抢救了一件，后来送给我母亲。如今，看着儿子用当年我用过的桌椅写作业，仿佛又看到了曾经的自己。

如今，一切都成了往事。

坐在学校的后山，陪着我的小学一起俯瞰村庄：海岛远远守在海湾口，海岸沉睡在泥石下；雀鹰在空中盘旋着画圈，它时而停住，快速扇动双翼，仿佛是想画个逗号；汽车在柏油路上匆匆来去；渔船在海面上缓缓滑行，马达声从海面上远远传来，节奏分明，却轻得掩不住松涛阵阵……

/ 梧桐花开 /

此梧桐非彼梧桐，但从小跟着祖辈一直这样叫，像乡音难改似的就这么习惯了。老家村里有很多梧桐树，小时候并没有太在意它们，因为村里的树木种类很多，就说果树吧，有桃树、杏树、梨树、枣树、樱桃树、柿子树、桑葚树、石榴树、山楂树、无花果树……整个村子就像一个大果园，成熟的季节，谁路过都可以顺手摘下几个，别说乡里乡亲的，鸟儿们也会不请自来，甚至还要先尝为快。

村子不大，靠山望海，山海之间是我美好的青葱岁月。村北山高林密，郁郁葱葱，生长的大多是松树和栎树。远远望去，松树的墨绿和栎树的青翠纠缠在一起，渲染出一种生机勃勃的亮色。房屋都是北方乡村的传统院落，老一点的房子还是用石头盖的。过去它们都戴着一顶"海草帽"，帽上还常常泛着"波浪"，是一种形如莲花的多肉植物。这顶草帽不仅房子喜欢，还是麻雀的最爱，住在里面冬暖夏凉，别提多惬意了。如今，草帽不多了，取而代之的则是红橙色的房瓦，虽少了几分童话的意境，却刚好中和了绿水青山的清冽之气。这村子的风貌若是我所描绘，到此为止就已经心满意足了，可是不知从哪天起，我突然发现有一丛丛"紫烟"缭绕其间，美得让人啧啧称奇，一下子就让整个画面有了大师手笔带来的不俗气场。我知道，这神来之笔正是家乡的梧桐。

老家的大树开花的并不多见，只要能开的必定是绝色。合欢花开得温柔可喜，槐树花清香宜人，梧桐花则绵绵密密满是浪漫的期待。每年五月，梧桐花就展露了笑靥。因为有它，村落变成一座绚丽多彩的仙岛。我家附近就栽着一棵高大粗壮的梧桐，年龄可能比我还大。夏日，巨大的树冠披挂着丰硕的叶子，洒下一大片绿荫，邻居们聚在树下闲话家常。这树虽不名贵，但生命力顽强，房前、屋后、路旁、山坡，目之所及总会有它的身影，哪怕走到最衰败的角落，也能发现它在默默等候，想要给你一个惊喜。

梧桐自身就是一幅国画。其树干脉络清晰，枝杈轻松写意，正当你觉得它画技一般时，那一簇簇紫色的花朵便摇曳成串串风铃，无声胜有声。花串之间还有恋家的果壳未落，外形如心，颜色低调，心情却是大好，个个都在开怀大笑，似对未来充满信心和希望。此时再退后几步远观，这梧桐又似华丽的天悬吊灯，品相上乘，想必舒适感也极佳，否则喜鹊怎会把窝筑在其上?

梧桐可不仅仅徒有其表,内涵亦丰富,比如这花香,可你不凑近身去,就会忘记身在香中,因为它是那般高雅清幽。五月,夜凉如水,站在院中,这缕桐花香袅袅而来。仰望星空,北斗七星高悬苍穹,斗柄指向东方,勺口面朝大地——难不成……难不成是天神洒下了这醉人的香气,画出了这诗意的村庄?

梧桐花开,紫气东来——这必定是一个美好的时代。

济南小记

《春秋左传》载:"十有八年春王正月,公会齐侯于泺。"而泺地就在济南,可见这座城池历史之悠久。济南是我的第二故乡,虽然口音里还是差了点儿老济南的味道,不过涤荡了这许多年,当地的大街小巷也没少留下我的足迹,喝着黄河水,吃着济南饭,不知不觉中我也算是半个"老济南"啦!

济南又硬又软。硬是指山。南部山区巍峨连绵,天气好的时候,人在城中向南眺望,一峰接一峰能看得很远。此时登上千佛山北望,可以俯瞰主城区,只见黄河龙腾般自西方缓缓而来向东奔去。软是指泉。济南又名泉城,顾名思义,有名有姓的泉就七十有二。泉源在南部的泰山山脉,再辐射至整座城市。都说"有山有水,灵气自来",济南两样全占,作为一省首邑,堪当重任。宋代书画家赵孟𫖯画有一幅《鹊华秋色图》,描绘的就是济南东北华不注山和鹊山一带的秋景,画境恬淡宜人,满溢闲适的田园意味。正是我眼中的泉城。

济南又长又短。城区东西长、南北短,有点像当地人的性格,志气长,脾气短。才气呢,是巾帼不让须眉,男有辛弃疾,女有李清照,一个荡气回肠,一个温婉如玉,总有让人中意的一款。还出了一代名相房玄龄,奠定了中国现存最古老、最完整的封建刑事法典《唐律疏议》,对后世影响极大;又厘定典制,主持编著了《大唐新礼》,当之无愧的国之栋梁。驰名全国的山东好汉,自然也少不了济南的众儿男,路见不平一声吼,风风火火闯九州。

济南又热又冷。没错,作为全国"四大火炉"之一,五一后的济南就已经很热了,入夏后闷热难耐是常态,像是被当头泼了一碗甜沫汤,黏黏腻腻的。冬天也是凛冽的冷,几场雪下来就真有点北国风光的意思了。

济南又吵又静。芙蓉街上人头攒动,经十路口车水马龙;千年古刹灵岩寺于闹中取静,黄河岸边闲挖野菜竟有些陶翁之乐。趵突泉咕咕作响,大明湖波澜不惊,岸边柳笑声朗朗,池中荷窃窃私语。济南人有话直说,也懂得沉默是金。

济南又潮又土。新城区高楼林立,庄、村、店旧称难改。泉、湖、山是济南的"老三样",也是济南的"新名片"。

这就是我眼中的济南,走过路过千万不要错过,有机会务必来坐坐。品品泉水茶,听听马头调,看看鱼天堂,望望千佛山——济南,欢迎您!

劝儿女书

往事悠悠，前路茫茫，评古论今，规劝儿女。

子在川上曰：逝者如斯夫。人，时时刻刻都在前行；人，一生一世都在选择。选择既是人为，亦是天意，为父不可框。然纵有路千条，事有万变化，皆为人之行，都是人之事。前途虽不可预测，无外乎动静冷暖，不离于上下左右，江山已载千秋。宇宙玄奥，天地自行，外既不可轻易，唯必当修内也。雕琢人格，修养内涵，便能以不变应万变。人格之高，高如泰山；内涵之美，美若黄河。然泰山之高，高于"五岳独尊"乎？非也。泰山之高，起于垒土。望黄河之美，美在百转千回乎？非也。黄河之美，美在千古。遂劝儿女，亦告自己，古圣先贤不可忘，唐诗宋词不能丢。现如今，某败尔大行其道，哀拍德寸步难离，为父不想非议。但须知，塔基是经史，巨人是子集。君子六艺，雅人四好，今朝何数？复者唯书。生而不灭者，书也；载象度龙者，书也。书之精灵有二，一为书法，二为诗歌。故儿女左右，听父此言，书法当习之，诗歌当读之，此为通古之门，因爱书法诗歌者，必会自入古门，自寻古迹，自取精华，阴阳道德经，仁义礼智信，禅悟善行，哪怕曲径，哪怕时久，先贤会相迎，早得外秀内锋之剑，人生便常有伴护。

为父先行一步，于此引路，一曲歇息，云前见，且看谁龟谁兔？

· 从春天到夏天

星辰大海

小时候在老家，要到七八月天才热起来，五月份好像跟夏天一点关系都没有。但自打来到济南，等不到立夏就要开启盛夏模式，"火炉"之名绝非浪得。

既然说到立夏，索性就简单聊两句。它是二十四节气中的第七个节气，也是夏季的第一个节气。届时，北斗七星的斗柄指向东南方，太阳黄经达45°。历书有载："斗指东南维，为立夏，万物至此皆长大，故名立夏也。"人们习惯上把该节气视为万物进入旺季生长的重要标志。

何为黄经45°？古人将太阳周年视运动线路（即地球公转轨道在天球上的反映）称为"黄道"，黄经就是黄道上的度量坐标（经度）。现行的二十四节气是根据黄经度数划分，把太阳黄经的360°划分成24等份，每等份15°为一个节气。

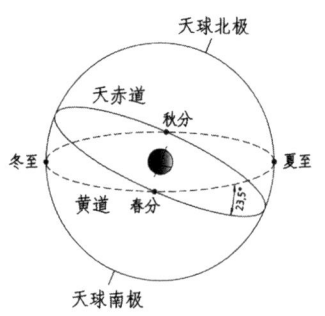

天球示意图

顺便提一下天球。对于天文爱好者来说，能观测到并直接辨别的只是天体的方向。天体看似离我们差不多一样远，仿佛散布在以观测者为中心的一个圆球的球面上。实际上，我们看到的是天体在这个巨大球面上的投影位置，这个圆球就是天球。

天球可被赤道（即天赤道）分成北天半球和南天半球两部分（见上图）。与之对应的有北回归线、南回归线、天南极、天北极等。地球自西向东旋转，所以天球上的物体都是相对天球作自东向西的旋转。有了天球的概念后，天文学家就可以此创立不同的坐标系，来研究天体的相对位置及其相互关系等，如黄道坐标系和银道坐标系。

别的还好理解，就是上图中的23.5°是个啥？太阳系中，地球的轨道平面就是黄道面，而地球自转相对黄道面是倾斜的，倾斜的方向基本不变，这个角度就是黄道面与赤道面（天赤道面）的交角，约为 23.5°，称为"黄赤交角"。由于黄赤交角的存在，造成太阳直射点在地球南北纬 23.5°之间往返移动的周年变化，从而引起正午太阳高度和昼夜长短的变化，就形成了四季的更替。

　　日月星辰的运行规律有序，古人能把它们和四季联系起来，并形成历法，现在想来确实是非常伟大的创举。如今很少有人去夜观天象了，都是拿过现成的就用。不过，仰望夜空看斗转星移，还是令人心潮澎湃的一种体验。对于北半球的居民来说，夜空中最易辨识的就是北斗七星。在济南市区能看到的星星不多，特别晴朗的情况下能够隐隐看到那柄巨大的"勺子"，看到它总会感到亲切，仿佛故乡清朗的夜空还在陪伴着我一样。

/ 我的小王子 /

　　儿子特别喜欢听故事,小时候每天晚上都是听着故事睡着的,跟着他,我也听了不少故事。有些故事很有趣,连我这个成年人都听得很入迷,《小王子》就是其中之一。

　　《小王子》是法国作家安托万·德·圣·埃克苏佩里于1942年写成的经典短篇小说,讲述了六年前一位飞行员因飞机故障迫降撒哈拉沙漠,遇见来自另外一个星球的小王子的故事。飞行员重点讲了小王子和玫瑰的故事,以及他为什么离开自己的星球,在抵达地球之前,他又访问过哪些星球。他转述了小王子在六个星球的历险经过,分别遇见了国王、虚荣者、酒鬼、商人、点灯人、地理学家、蛇、三枚花瓣的沙漠花、玫瑰园、扳道工、商贩、狐狸以及讲述者本人。

　　并不想在此复述这个经典的故事,而是借此聊聊有关外星人的那些事。这个话题一直热度不减,科学家从未放弃研究,与之相关的各类传言,每过一段时间就会拿出来炒一炒,亦幻亦真，最终都归于笑谈。譬如说，今年 6 月 25 日美国公布了一份报告，内容为过去数十年间一系列针对"不明空中现象"（UAP）的调查情况。该报告被美联社、CNN 等知名媒体形容为"大众期待已久的""不一般的"报告。不过美国人似乎对这样的煞有介事已经习以为常，并未表现出格外的兴奋。中国网民对此更是嗤之以鼻，有评论更不无戏谑地指出："众所周知，UFO 只出现在美国。"显然，越来越多的受众坚持用客观、科学的眼光去看待这些尚未探究明确的事物。我想说的是，UFO 这样的奇幻现象并不仅仅眷顾美国，也在中国出现过。清代的吴有如在 1892 年曾画过一幅名为《赤焰腾空》的作品，所绘景象就发生在秦淮河上的朱雀桥。以下是其在画作上方的落款，即对这幅画的注解：

九月二十八日，晚间八点钟时，金陵城南，偶忽见火毯一团，自西向东，型如巨卵，色红而无光，飘荡半空，其行甚缓。维时浮云蔽空，天色昏暗。举头仰视，甚觉分明，立朱雀桥上，翘首踮足者不下数百人。约一炊许渐远渐减。有谓流星过境者，然星之驰也，瞬息即杳。此球自近而远，自有而无，甚属濡滞，则非星驰可知。有谓儿童放天灯者，是夜风暴向北吹，此球转向东去，则非天灯又可知。众口纷纷，穷于推测。有一叟云，是物初起时微觉有声，非静听不觉也，系由南门外腾越而来者。嘻，异矣！

看完，我也想说"异矣"。百余年前，世人尚无外星人的概念和UFO之说，吴画家怕是也未想到自己的这幅"拙作"竟成了今人研究UFO的一则珍贵史料。

眼见为实！如果UFO轻易得见，也就不叫UFO了。很多年前在济南，一天傍晚，空中有一颗闪亮的星星。当时我并没特别留意它，只是觉得天空晴好，可是下一秒那颗星突然动了起来，是那种缓慢地匀速移动。我以为是直升机，可天色并不暗，细看立即就否定了，其后的短短几秒钟内，它就神秘地消失在西南方向，而且消失的速度非常快。不知道同一时间有没有人也注意到它，至少我并未看到有关此事的任何新闻报道，难道是大家都对近距离的飞行器更感兴趣？

我不确定那颗星星就是传说中的UFO，毕竟手上没有过硬的证据。但我一直相信外星人是存在的。宇宙无限大，大到超乎人类的想象，我们对它的认知非常有限，不足以做出任何断言。因而对于各式各样关于外星人的新闻或是分析我都持观望的态度，甚至有些小小的期盼，希望有朝一日在晨曦初现的山巅，邂逅一架银白色的飞船。它缓缓落在高山草甸上，片刻，舱门缓缓拉开，一缕耀眼的光四射开来，我微睁双眼依稀仿佛看到一个奇异的身影自万丈光芒向我一步步靠近……

一万年太久,只争朝夕!有生之年,不知能否等来我的小王子?如能邂逅,但愿他也是善良的,正如我们对自己的期望一样。

/ 基建狂魔 /

好莱坞大片《2012》中的挪亚方舟居然是中国人造的！这个细节设计绝非空穴来风。客观讲，中国人的行动力堪称世界之最，这一点几乎是公认的！不说别的，就说 2020 年初武汉突遭新冠来袭，为了迅速有效阻击疫情，我们用实际行动阐述了什么是"见证奇迹的一刻"：一座可容纳一千张床位的火神山医院，总共耗时 10 天建设完成，2 月 2 日正式交付，总建筑面积 3.39 万平方米。1 月 25 日，武汉政府又加盖雷神山医院，2 月 5 日交付使用。两所医院以小时计算的建设进度于万众瞩目下演绎了新时代的中国速度。有国外网友激动点赞："上帝花了 7 天时间创造了天地万物，我觉得上帝应该是中国人！"中国当然不是上帝，我们号称"基建狂魔"！

一天晚上和几个在海外工作过的同事吃饭，聊起国外的工程，其中一个不胜唏嘘地回忆起自己的经历。他在当地待了五年，好好一个家也散了，如今独自带着孩子过。原本轻松欢快的酒桌气氛一下子暗淡下来，往事并不如烟，大家只好报以同情和安慰，憧憬未来可期。我可能是喝多了，听成好多个家都散了，众人一笑而过。其实，这并非笑谈。有不少搞基建的从业者外派八年十年的也很常见，人生又有几个五年、八年？一入职场深似海，多数时候身不由己。参加工作后，我也有好几年和妻子处于两地分居或半分居状态，所幸我们坚持走过来了。可是，还有多少人没能坚持下来？还有多少家庭正在忍受两地分居的煎熬？国人是顾家的，可没有团圆何来家？

若要保证指哪打哪的行动力，工程的每个环节就必须做到高效。在建设的环节，别人是干干歇歇，我们则是连轴转，二十四小时不停工。工程建设大多不在家门口，动辄千里万里之遥，大家如大禹治水般，一去就是常驻不归，好点的数月才能给几天假，更多的是工程不竣人不归。不是不想归，而是因为这就是中国人的工作方式，我们有钢的意志、铁的纪律，战无不胜，攻无不克！要知道，我们国家的经济就是在热火朝天的建设中发展起来的，巨大的成绩怎可能是闲云野鹤可以缔造？哪个不是挥汗如雨、抛家舍业？还是那句话——没有大家何来小家？遗憾的是，很多小家在大家还没建好之前就散了。这也正是基建行业存在的隐患。出于人性方面的考虑，我们确实可以做一些改善。

大球运动都设有主力和替补,比赛时也设中场休息,没有人可以打满全场,最强的球员一刻不停也会疲于应付,可我们的基建弟兄却在极限中忘我投入、奋力拼搏。如今,国家已经完成脱贫攻坚,正在向更高的层次迈进,我们的思想是否也应与时俱进,在具有钢的意志、铁的纪律之余,再添一些柔软的人性关怀?

相信办法总比问题多,因为中国人从来都不缺办法!

| 焕然一新 |

我是从农村走出来的，对农村、对故土有感情，所以一起头就有倾诉欲望。

印象中最可怕的农村景象，是小时候姥爷家的旱厕，不能具体形容，只能说睁开眼是满满的，闭上眼又怕淹进去，我宁可憋上几里地回家解决也承受不了那份恐怖。后来，村里进行了一次"革命"，家家户户都换上了抽水马桶，如厕体验有了很大改观，但尚有不足，因为不通水，只有最胆大的人才敢坐上去！前些年，村里又进行了一次大的"革命"，这次非常彻底，整个村子被夷为平地，大家都住进了高楼，了不起的成就！不过，又有了新问题。据收垃圾的人抱怨说，没人愿意到村里收垃圾，因为垃圾桶里都是粪便，说是有人为了省水居然搞到袋子里扔出来！归根到底，还是思想意识的问题。思想意识是可以进步的，所以农村还有巨大的成长空间。

总的来说，乡村的发展是稳步向前的。硬件的进步可以倚仗外界支持，但软件的进步只能依靠农民自己。农村建设需要成本，更需要提高当地民众的人文素质——心美，庭院才会美，家才会美，社会才会和谐。我们常常艳羡发达国家的乡村风景宜人，其实国情不同对美的鉴赏也应区别对待，绝不可盲目地拿来主义、人云亦云，中国乡村有自己的发展道路和独特风景。要相信，整个社会的进步必会带动农民的进步，农民进步自然会反映到农村的建设上。如今留在城市的精英有不少就是自农村走出，中国农民非常聪明，拥有巨大的创新潜力，只是这份潜力尚未被完全发掘出来。

当下，我国新农村的建设欣欣向荣，相信不久的将来，我们必会迎来一番盛世美景。万分期待，翘首以盼。

落叶难归根

公司的大院栽了很多法桐,能同时停上三百辆车。法桐是北方城市常见的庭荫树和行道树,能长得很高大,叶子接近枫叶的形状。夏天,葱绿茂盛的树冠是天然的遮阳棚;秋天,色彩斑斓的叶子自成一景。秋风袭来,叶子便飘落一地,铺在地上成了美丽松软的地毯。这也是保洁大爷最忙碌的时候。他在地上扫,秋风在天上扫,他们就这样扫扫停停、停停扫扫协同作业,像是要扫到地老天荒。可不知哪天我就会突然发现叶子落光了,大爷也扫完了,院子里干干净净的。年复一年,莫不如是。

有时,我走在秋日街头,仰望一下树上稀疏的叶子,再低头瞅瞅整洁的路面,不由唏嘘这城市的落叶难归根啊!

记得乡下奶奶家的屋后也有一棵参天法桐,已经五十多岁了,是父亲小时候亲手栽下的。从未有园丁护理过它,更无人打扫落叶,它就在那里沉默伫立,暗自生长、枝繁叶茂,且不知从何时起,它旁边还生出一棵小法桐来。每次去奶奶家,远远就能看见它俩,风雨无阻,就像一对老朋友。再看看它们的城市弟兄,命运的走向完全不同。

最近,公司修整停车场,为了让法桐横向生长以提供更多树荫、防治病虫害,以及扶正倾斜的树干,院里法桐的大脑袋被齐刷刷地砍了下来,只留下半截树干,成了一个个秃头司令,看起来莫名荒诞!它们应该可以活得更久一些吧,毕竟能得到专业的护理,只是不知何年何月才能再度高耸入云、挥叶伴鹊。保洁大爷想必也轻松了很多,终不用去做"风一样的男子"了。

路过乡间田野,时常会想,归乡不易的岂止是人,那些肥田"飘香"的,不知它们是否也和我一样,对故土爱得深沉。

今天你上天了吗

我和妻子在济南安家,都离故乡千里之遥,许是因为各有各忙,我们很少特意出去旅游,两人的假期几乎全部都用于回乡探亲,故很多地方虽心向往之,但都未能成行,潍坊就是其中之一。

潍坊是山东较为知名的城市,"风风火火闯九州"里的"九州"就有青州,而青州府就在潍坊境内,是不折不扣的千年古城。历史上相当长的时间内,潍坊一带一直是鲁地的首邑,济南属于后来居上者。

提起潍坊最脍炙人口的就是风筝了。潍坊风筝的源头可追溯到鲁国大思想家墨翟制作第一只"木鸢",距今已有两千余年的历史,但真正走向民间并兴盛起来却是有明一代。清朝中叶,潍坊出现了专门从事风筝制作的民间艺人。潍县白浪河沿岸有很多风筝艺人扎制的风筝新颖、别致、轻盈,飞得高行得稳,远近驰名。潍坊风筝最为人津津乐道的是造型独特，多取材于自然事物、社会生活以及神话传说中的形象，无不寄托着吉祥、吉庆之意，人们希望通过放飞这些给予了美好愿望的风筝，带来幸福平安的生活。

家里至今珍藏着两个小小的潍坊风筝模型，是最好的童年玩伴送我的。彼时一起学习一起嬉戏，如今各奔天涯，我在大炼钢铁，他在保家卫国。成家立业后，大家极少能见面，但朋友是一辈子的，那些山山水水，那些游戏打闹，那些春虫夏草，那些秋月冬雪，那些数之不尽的时光无不珍藏于我们心中，是谁也抢不走的财富。虽然很少见面，但我们有一个小群，叫"故乡的云"，人不多，七八个好伙伴，有事没事还能在群里闹一闹。

今天绕道潍坊国际风筝节，也来放放我的风筝，遥问各位旧友一声："今天，你上天了吗？"

母亲最美

这世上最美的两个字应该是——母爱吧!美到所有形容词予它都显得苍白无力,这是一个只能用灵魂去深度体验的感受。人之初,牙牙学语最先会说的就是"妈妈",行至生命的终点可能什么都记不住了,却拼足一口气也要再唤一声"妈妈"。母亲是人生起点,也是我们瞑目的终点。

歌颂母亲的诗句随便一搜就不下百句。最早的一首在《诗经·邶风·凯风》中:"凯风自南,吹彼棘心。棘心夭夭,母氏劬劳。凯风自南,吹彼棘薪。母氏圣善,我无令人。爰有寒泉,在浚之下。有子七人,母氏劳苦。睍睆黄鸟,载好其音。有子七人,莫慰母心。"最著名的莫过于孟郊的《游子吟》:"慈母手中线,游子身上衣。临行密密缝,意恐迟迟归。谁言寸草心,报得三春晖。"

歌颂母亲的歌曲整理整理亦不下百首,歌名直白的就有《世上只有妈妈好》《烛光里的妈妈》《妈妈的吻》《白发亲娘》

等,还有《鲁冰花》《懂你》这种意蕴含蓄的更是不胜枚举,大多只听前奏,就可以跟着哼唱起来。

歌颂母亲的文章更是浩若烟海。印象最深的是一篇课文《回忆我的母亲》,作者朱德,其中有一句:"我爱我母亲,特别是她勤劳一生,很多事情是值得我永远回忆的。"即便是伟人,发出的也是最质朴的心声,母亲是每个人心中温暖永恒的记忆。

母爱是伟大的,是所有生命的原始本能。我们不妨看看下面这些有趣的数据。

在母亲节当天馈赠鲜花和礼物是全球的传统,但泰国人还会举行游行,送母亲茉莉花作为礼物。在塞尔维亚,母亲们甚至会被用绳子或缎带捆住,直到她们给孩子发放糖果和礼物。据统计,母亲节当天美国的电话呼叫数量会上升11%,餐厅会迎来一年中最繁忙的日子,约有8000万成年人在外就餐,人数甚至超过了情人节。据美国零售联合会的数据,人们会花费50亿美元用于购买珠宝,其中35%的人会送给母亲;38%的消费者会为母亲购买衣服,15%的人会为母亲购买电子产品,24%的人会花费20亿美元让母亲享受私人服务。如果父亲节和母亲节进行一场消费竞赛,母亲们会完胜,人们在父亲节平均花费133美元,在母亲节的平均花费则为196美元。母亲节是鲜花销量最高的一天。调查显示,多达67%的美国人计划购买鲜花送给母亲,并送贺卡。多数人还会给其他母亲送贺卡,如他们的祖母、外婆、妻子、婆婆、岳母、姐妹等。事实上,有57%的美国母亲表示,她们收到过非家庭成员送的母亲节礼物。

我的父母这代人生不逢时,小时候温饱都成问题,能活下来就是胜利。父亲时常回忆童年想放鞭炮的故事。爷爷跟他说:"要鞭没有笔,要笔没有鞭!"二者只能择其一,现实版的鱼与熊掌不可兼得。爷爷奶奶那一辈人更是不易,孩子多,条件差,毕生的精力都用于维持生计、养儿育女。所幸,这些艰难世事俱往矣。

仅以此篇文字向所有伟大的母亲致敬。相信她们一生所有艰辛的付出和坚持,终会有所回报!

故乡的原风景
——献给故乡以及有故事的人

山不是最青,

水亦非最秀,

走过天涯海角,

故乡至高无上。

就几天时间,

比金子还珍贵。

看看亲人,

说说话。

会会老友,

吹吹牛。

又听到虫鸣,

月亮在树梢,

感受安详,

风平浪静。

大海还记得这个孩子。

故乡爱我,我爱故乡。

家不算最美,

狗也不名贵,

游遍五湖四海,

故乡至高无上。

又忘记烦恼,

燕子归檐下,

品味阳光,

天高云淡。

小满·野菜

　　小满，二十四节气中的第八个节气，夏季的第二个节气。每年5月20日到22日之间，视太阳到达黄经60°时为小满。小满后，天气渐渐由暖变热，且降水也会逐渐增多，民谚有"小满大满江河满"之说。小满也标志着炎夏登场。物至于此，小得盈满，麦类等夏熟作物籽粒饱满但未成熟，又有"小满割不得，芒种割不及""大麦不过小满，小麦不过芒种"。

　　何为大麦？何为小麦？我虽是农家孩子，却还真没见过大麦。人们常用"四体不勤，五谷不分"形容书呆子。五谷是指稻、黍、稷、麦、菽，如今能认出它们的人恐怕凤毛麟角，不是因为大家都是书呆子，而是农业已远离了人们的生活。是不是真的需要补补课了？

　　人们会在小满祭车神、食苦菜，江浙一带还有抢水、祈蚕神等习俗。旧时，用水车排灌为重大农事，通常于小满时节启动。有传说认为"车神"为白龙，因而农家会在水车车基上放好鱼肉、香烛等物祭拜，祭品中还有白水一杯，祭时泼入田中，有企盼水源涌旺之意。

随着时代发展，很多东西都渐行渐远，水车现在已经很少见了，有的话大多也只是摆设。但野菜永远不会退场，粮食有人种给你吃，但想吃到新鲜可口的还得自己去挖。可能因为小时候经常跟着母亲去挖野菜，我现在还保留着挖野菜的习惯。虽然如今的菜品愈发丰富，但野菜有野菜的味道，一股仙风道骨的口感！儿子不喜欢吃菜，更不要提野菜了。有一次回老家，早晨带他出去转，遇到很多我小时候常吃的野菜，挖回来尝试用各种方法炮制，好心让他尝尝，他却千推万阻，一副嫌弃的表情。也好，没人跟我抢了，说不定等他长大就能明白野菜的意义了。

野菜的生命力很顽强，乡野自不必说，城市也有它们的身影，公园、路边、小区绿地俯首可见，只要留心，总有收获。不过要挖来吃的话，还是去郊区为好，种类多，也不会有农药，顺便踏踏青，放松一下身心。此外，挖野菜前做些必要的功课很重要，有些植物是有毒性的，挖的时候要格外留心，安全第一，然后才是怡情。

《诗经》三百零五篇中记录了众多动植物，其中就有三十多篇提到了野菜,它们是荇菜、葛、卷耳、芣苢、蕨、薇、蘋、白茅、荼、苓、唐、芃兰、麻、莫、蕢、苦、苕、苴、莱、芑、蓬、菖、芹、堇、藻、茆。据说大多可以食用。

告诉我,你最爱的野菜是什么呢?

大雪无痕

有一次在电梯里，有位老先生掂了掂身边一个小朋友的书包，随后叹道："现在孩子的书包怎么都这么沉了，要压得他们驼背了！"小朋友挺坦然，说他天天背着倒不觉得沉。儿子的书包也挺沉，我也没太在意。学习不就是这样吗？谁不是负重前行！记得初中时，每到周五我的书包就沉得像座小山。既然孩子感觉尚可，做家长也不必输出过多负面的情绪形成心理暗示。如今"双减"上线，不就是旨在减轻孩子的负担和家长的焦虑吗？当然，如果有人真的选择彻底躺平，就是曲解了减负的含义，努力学习、强身健体永远是学生之要务，不过是鼓励大家科学学习、健康为重，还孩子一个多彩的童年！

去年冬天，孩子们终于盼来一场瑞雪。因为住在顶楼，且学校就在小区，人在家中便能尽览校园的全貌。那几日天很冷，雪能存住不化。一周之后，天气晴好，我站在阳台眺望南部山区，风景独好，然而一瞥之间，突然惊讶地发现学校操场上的雪不仅一点未化，还平平整整的，似乎连个脚印都没有！这太不合逻辑了！小时候，我们一整年都在盼雪，遇上天降大雪就像过大年般开心，伙伴们会迫不及待地冲到学校打雪仗，放学后还要在校园流连许久接着战斗，岂能把"弹药"存留一周之久？可那天，我伫立窗前，望着大雪无痕的操场沉默许久。一群麻雀飞过，我恍惚看到孩子们在操场上追逐打闹，欢声笑语不断……雪花很美，雪地上全是幸福的脚印。

　　我又想到了孩子的书包，他们不仅背负着知识，也背负着我们沉甸甸的爱与厚望。这一刻，我竟生出深深的自责。我们把孩子从无到有带至这个世界，究竟是想让他们快乐，还是自己快乐？父母长辈殷切的爱究竟是点燃了他们的热情，还是褫夺了他们的纯真？对此，我深感困惑，就像此刻满目的无痕大雪，竟寻不到一丝解答……

一个祝福，你要相信

当今中国的孩子何其幸运，背靠富强昌盛的祖国，无须过多的祝福，都不乏可期的未来。

国际儿童节定于每年6月1日，是孩子们最盼望的节日，但回头看看节日的起源，就不是一件快乐的事了。

1942年6月10日，法西斯枪杀了捷克利迪策村16岁以上的男性公民140余人和全部的婴儿，并把妇女和90名儿童押往集中营，房舍、建筑均被焚烧，好端端一个村庄就这样被魔鬼给毁了。第二次世界大战结束后，全球经济陷入萧条，成千上万的工人失业，过着饥寒交迫的生活。儿童的处境更为糟糕，有的得了传染病，成规模地死去；有的被迫成为童工，受尽折磨，生命安全得不到丝毫保障。

为了悼念捷克利迪策村惨案和全球在战争中死难的儿童，反对虐杀和毒害儿童，以及保障儿童权利，国际民主妇女联合会于1949年11月在莫斯科举行理事会议，为保障全球儿童的生存权、保健权和受教育权，以及改善儿童的生活，会议决定以每年的6月1日为国际儿童节。

最大的快乐就是孩子的快乐，同理，最大的痛苦莫过孩子的痛苦。幼吾幼，以及人之幼。世界如今还有很多孩子生活在水深火热中，会好起来的，一切都会好起来的。相信会好，并为之不懈努力，就一定会好！

麦田的记忆

芒种的字面意思是"有芒的麦子快收,有芒的稻子可种",因此又叫"忙种",是二十四节气中的第九个节气,夏季的第三个节气。每年6月5日或6日太阳达到黄经75°便为芒种。芒种时节气温显著升高,雨量比较充沛。此时中国大部分地区的农业生产正处于夏收、夏种、夏管,一片热火朝天的喜人景象。

不知道现在还有没有麦假。顾名思义,就是专为收割麦子而放的假。小时候每到麦收时节都要放几天麦假,因为地区气候差异,要比芒种晚一些。老家那片地主要种植小麦。每年麦收也像过年一样热闹,无不是全家总动员。彼时尚未有机械化收割,都是人工用镰刀收割,再用小车推。村里有台脱麦粒的机器,大家轮流用它处理自家的麦子。旺季时,它会从早开到晚,轰鸣声不断,那巨响令我永生难忘,它陪着大伙儿挥汗如雨,伴着我们欢声笑语,就像一头祥兽,麦粒从它巨型的口腔内源源不断涌出，麦糠则像雪花一样纷纷扬扬，竟生出一种梦幻之感。

当时年龄尚小，割麦子的速度不太行，我就负责一些端茶送水的后勤工作，往来于家和麦田之间，有时也能铆足劲推推小车，虽然车子摇摇晃晃的，但受到大人辛勤劳作的感染，也会突然之间增长不少力气。多年后再度回忆那些场景，还是觉得非常幸福，可长辈们却说最怕的就是抢收，因为是和老天爷赛跑，特别辛苦。或许那就是属于看客的快乐吧！

收麦子快乐，吃麦子更快乐！每次收完麦子，家里都会煮上一些新鲜的麦粒，清新的麦香味至今难忘。后来我家不种地了，再也没机会吃到新鲜的麦粒，自然也就闻不到那种美妙的味道了。有时，我会到超市买点麦粒回家煮着吃，虽不是新鲜的，还是有种侥幸心理，兴许还能找回一些旧日味道。妻儿都没有相似的经历，所以每次都是我独自品味，虽然这份久别重逢的感动无人分享，但至少还有麦子懂得我的心。如今物流发达了，有机会我一定要买点新鲜的麦粒回来，单是想想都兴奋得令人摩拳擦掌！

嗯，我都觉得自己又闻到家乡的那抹清新之味了……

学习方法之我见

小半生都已过去,我觉得自己一直在学习。小学、中学、大学就不说了,进入职场后,也是边工作边学习,孩子上学了,又辅导孩子学习……学习,真的变成了一个终生行为。

我的学习成绩尚可,但总感觉若能更早更好地掌握正确的学习方法,或许还能更进一步。高中老师曾对我们反复强调:"学习方法非常重要!"多年来,他戴着厚厚的眼镜和同学们语重心长的一幕时常浮现在我的脑海中。我当然知道他说的是真理,可学习方法到底是什么?

走了不少弯路后,如今回头再看,学习其实是一件熟能生巧的事情,需要花费足够的时间和精力才能达到炉火纯青的地步。而学习的前提是要明确自己的目标,即不仅要把该学的知识学完,还要具有那种打破砂锅问到底的探索精神。学习路上有两个"拦路虎",一个是怠惰因循,一个是似是而非。有的人很聪明,但是懒,最终变成落后的兔子;有的人看似勤奋，可是囫囵吞枣、不求甚解，忙活半天出力不出活，耽误的是自己。

假如把学习比作登山，学习方法就是一步一个台阶往上爬。何谓台阶？广义地讲，台阶就是接触的每一个知识点。大学期间的哲学老师曾讲到一个观点，令我至今难忘："哲学就是要分清同和异。"学习亦然。学习的过程就是要去伪存真，实事求是、完全准确地理解和记忆，并能灵活运用每个知识点。另外，需要谨记登山比的不是速度，而是耐力和意志，每一步都要踏踏实实、稳扎稳打，基础不牢靠，知识不连贯，很难达到最终的顶点。

那么，怎样才能更好地掌握每个知识点呢？除了记忆，强大的理解力是关键的基础，即信息处理能力。而海量的阅读是培养理解力的重要途径。所谓海量，不仅仅指数量，也指跨度，就是阅读领域要广泛，天文地理、文学艺术、工程技术等尽可能扩大自己的阅读圈。图书馆曾经是一个特别理想的学习场所，在这里可以检索到你想了解的所有信息，然后沉浸其中并将其吃透，提炼出其中的精华，掌握并应用。现在更便利了，互联网几乎无所不能了，三五分钟就能从一个视频中知道某事的前世今生，花点小钱即刻就能下载到一篇高质量的论文以供参考。信息革命使知识变得唾手可得。换言之，互联网化身无比强大的答疑解惑工具，人们拥有了更便利的攀登阶梯。

信息革命带来了学习革命,人们的天赋将有更多发挥的机会,继而会有更多可喜的科技革命,未来值得期待!

/ 端午不简单 /

民以食为天。中国人在吃上从不止于果腹，可谓煞费了一番苦心，很多传统节日都有专门的吃食，春节有饺子，清明有青团，中秋有月饼，端午有粽子，都是孩子们喜欢的！

以前都是吃现成的，现在我们自己包粽子，还挺有意思的。第一次包的时候，还没包完，女儿就迫不及待地要吃了。煮好之后尝了一下，很成功，真好吃！过去我不太喜欢粽子的口感，黏糊糊的像是含了一口糨糊，没想到自己包的这么美味。同样的东西，因为是自己的劳动果实，吃起来格外香。

端午节与春节、清明节、中秋节并称为中国四大传统节日，还是首个入选世界非物质遗产目录的中国节日，英语译作 Dragon Boat Festival，倒是很动感，在世界上影响广泛。说起来，端午节还有很多说法呢！光别名就有好多，端阳节、龙舟节、重午节、龙节、正阳节、天中节等二十余个。据百度百科讲，此节多源自古人对天象的崇拜，由上古时代祭龙演变而来。仲夏端午，苍龙七宿飞升至正南中天，是龙飞天的吉日，即如《易经·乾卦》第五爻的爻辞曰："飞龙在天。"端午日龙星既"得中"又"得正"，乃大吉大利之象。其起源涵盖了古老星象文化、人文哲学等方面内容，蕴含着深邃丰厚的文化内涵；在传承发展中杂糅了多种民俗为一体，节俗内容丰富，划龙舟、吃粽子至今不辍，还注入了夏季时令"祛病防疫"之风尚，孩子会在那天腕系五彩绳，家家户户在门口挂艾草。后传说楚国诗人屈原亦在五月五日跳汨罗江自尽，人们便将此节移作屈原的纪念日，赋予了端午更多的文化色彩。

原本我只知道端午节和屈原的关系，稍微做了一下功课，才发现一个小小节日竟隐含了包罗万象的知识点。这里难免又要说起学习的话题。学习的时候，如果记不住某些内容或要点，先别着急妄自菲薄，学习也是讲究战略战术和规律技巧的，光明白学习方法这一战略显然不够，还要熟悉战术和技巧，比如温故知新、联想记忆、反复强化等等。以端午节为例，粽子和龙舟就是它的独特标签，一提起端午，人们的反应就是"吃到美味"和"玩得尽兴"。这就是联想记忆，这样一来，想忘记都难！当然，我们首先要明白学习的意义，只有一个人从内心深处真正去拥抱学习，所有的知识才会融会贯通，真正地为己所用。

说回端午。无论如何一代伟人屈原都是值得我们深深纪念的。没有他,就没有"路漫漫其修远兮,吾将上下而求索",潜龙勿用,飞龙在天,浮浮沉沉,苍龙一般。

父亲不容易

父亲节起源于美国,是由布鲁斯多德夫人倡导的。多德夫人的父亲在养育儿女的过程中所付出的爱和艰辛,绝不亚于任何一位母亲。

1909年是多德夫人的父亲斯马特先生的辞世之年。她在参加完教会母亲节的感恩礼拜后,特别想念父亲,便将自己的感受告知教会的牧师,希望能有一个特别的日子纪念全天下伟大的父亲。这一想法得到了牧师的赞许,同时也得到各教会组织的支持。随后,多德夫人致信市长与州政府表达了自己的想法,并建议以其父的生日作为父亲节。市长与州长公开表示赞成,州政府采纳这一建议的同时,把节期改在6月的第三个星期日。1910年6月19日举行了全球第一次父亲节庆祝活动。这一天,人们选择特定的鲜花以表达对父亲的敬意和思念。

我深爱父亲,他以一己之力撑起了我们这个大家,着实不易。父亲为人勤劳，退休前年年都是单位的劳动模范，名副其实的"老黄牛"。如今退休了，却也闲不着，用母亲的话说，就是不折不扣的劳碌命。这或许是我们的家风吧！太姥爷八九十岁的时候，还弯着腰、驼着背挨家挨户给儿孙们劈柴编草包，干活特别爽利。不养儿不知父母恩，成家立业后，我也更能体会为父的不易，所以每年父亲节都要送父亲一个小礼物，但从没给过花。我觉得男人之间送花好像有点奇怪，一般都是送他很实在的东西，比如健手球啊、高光手电筒啊、手表啊等等。父爱如山，或许父亲给我们什么样的爱，我们也会回以同样的爱吧！

父亲不好当，当父亲其实是一个委屈负重的活儿，既要做好人，还不得好名声；不仅要修身，还要齐家，并且默默无闻。父亲辛辛苦苦把钱挣，母亲"大大方方"把钱花，结果世上只有妈妈好，父亲甘当顶梁柱。不知别人家是什么家风，我家的传统就是父亲挣钱，母亲管钱。传统代代沿袭还是有些道理的，虽然父亲默默无闻，但有助于家庭稳定，也是值得的。

我和儿子的关系过去不好，还有一部分原因是家人都宠他，我就不能再宠他了。可等他能明白父爱如山时，父子之间也永远只能是肩并着肩、山连着山。过去说"子不教，父之过"，可能在孩子头脑过热、忘乎所以之时，泼冷水的苦差都是父亲的吧，这也是父亲难做的原因之一。前文《母亲最美》中的统计数据已经表明，在受欢迎方面，母亲完胜父亲。

成为一名合格称职的父亲是一场修行。或许是因为男性之间本身忌讳情感外露，不屑于表达，很多时候我和儿子因沟通不畅，无端制造了很多误会与隔阂，让原本单纯的父子关系变成摩擦关系，也真的让人哭笑不得。看着儿子每每手捧《父与子》嘿嘿傻笑，也希望彼此间能像忘年交那样开诚布公、谈笑风生，但有一度似乎连井水不犯河水都很难做到，更不要说推心置腹了。这些年我也在反省，读了一些心理学方面的书籍，尝试多种途径改善焦灼的亲子关系，积累了一些心得，也收到了不小的成效，仍深觉任重而道远。

没有人天生就是好父亲，可能最好的参考样板就是自己的父亲。值得庆幸的是，我有一个好父亲，他身上的诸多可贵品质，却至今未能习得过半，不觉深感惭愧。尤其想到自己也将成为儿子的榜样，就有点百爪挠心。过去，我更多的是从自己的角度思考为人父的道理，在经历长期对峙的煎熬后，我开始试着从儿子的角度看问题，很多困惑就渐渐迎刃而解了。毕竟自己也是从顽童一路跌跌撞撞走来，纵然年代有别，但成长的那些烦恼其实大同小异，想到当年父亲波澜不惊的应对方式，有了些醍醐灌顶的感慨。

父亲不容易，当你努力想成为一名合格称职的父亲时，就一定会懂。但相信还有人没有做到，没有意识去做，甚至不想去做。如果有人想让他们去做和做到,那就要像爱一个男孩一样去耐心包容他,耐心鼓励他,耐心引导他,像爱一个男孩一样去爱他。因为爱是灯塔,可以传递的灯塔。你相信吗?抑或唯有爱才能做到。去试一试吧!

/ 爱是责任 /

吃着煎饼馃子,

回想近日的新闻,

在平凡的早晨。

平平淡淡是真,

要做个凡人,

于不凡之间。

理智不一定全面,

仁义礼智末为信,

所以实话实说,

我也迷茫过,

儿女情长难免。

错不全在你我,

其为迷雾森林。

总算拨云见日,

于是还能写写,

关于爱与责任。

在茫茫人海中,

爱是灯塔。

在漫漫人生中,

爱是责任。

这或许是道,

既此又彼。

飞蛾赴火,

盲目取乐,

偏废者失道,

失道者荒诞,

荒诞者得祸。

这就是原因。

还有几轮四季?

当珍惜。

君子悟道不晚,

莫等闲。

追寻永恒,

在邂逅的瞬间。

青春可贵,

只是为圆百年。

跋·海阔天空

终于来到这里。

其实，全书我最想表达的就是要学会分辨和选择，要认识度，并把握好度。世事纷繁复杂，有时两翼善恶分明的大剪刀悬在空中，却无从下手裁判，唯有把握好度，才能更好地解决问题。分辨需要智慧、知识和经验，选择需要用心去权衡。那么心是什么？这是高阶的疑问，与其深究，不如感知。当一个人能把握好度的时候，就是他能用好心的时候。这条成长的道路是漫长的，只要有爱，就不会迷失方向。

言之不文，行之不远。五六年前，一个偶然的机会，我读了列夫·托尔斯泰的《复活》，偶然从中发现了一些写作的规律，受到启发，便想把自己的所思所想记录下来。日后的工作和生活中，尤其在教育子女的过程中，我有了更多的感悟和认识。为了将这些人生经验留给子女作为指导和参考，便下定决心撰写了这本书。我不确定孩子们将来会不会看这本书，也不确定他们能不能接受书中的观点，所以也将它送给更多有缘人，希望能将自身取之于社会的回馈给社会。

好了，就此搁笔。对于一个业余选手来说，写作简直就是一场马拉松。虽然只耗时了数月，仿佛竹子以每天三十厘米的速度冲刺生长，却是我有生以来几十年的积累，我珍视它们，也希望你能喜欢它。

举目眺望，海阔天空，让我们高高地唱、远远地想，画一个圆满的句号，哪怕没有人来，也没有风。

长孙金成

辛丑年秋 于济南